AF848007

O'R TYWYLLWCH

Cyhoeddwyd yn wreiddiol: Gwasg Gomer, 1991
Hawlfraint y testun © Mair Wynn Hughes
Cynllun y clawr: Chris Iliff
Hawlfraint yr argraffiad hwn: Y Lolfa, Tal-y-bont,
Ceredigion SY24 5ER, y lolfa.com

Mae Mair Wynn Hughes drwy hyn yn cael ei chydnabod
fel awdur y gwaith hwn, yn unol ag adran 77 o Ddeddf
Hawlfreintiau, Dyluniadau a Phatentau 1988.

Mae cofnod catalog CIP ar gyfer y llyfr hwn
ar gael o'r Llyfrgell Brydeinig.
Cedwir pob hawl. Ni chaniateir atgynhyrchu unrhyw ran o'r
cyhoeddiad na'i gadw mewn system adferadwy, na'i drosglwyddo
mewn unrhyw ddull na thrwy unrhyw gyfrwng electronig,
mecanyddol, llungopïo, recordio, sganio neu unrhyw ddull arall,
heb ganiatâd ysgrifenedig ymlaen llaw gan y cyhoeddwyr.
Dymuna'r cyhoeddwyr gydnabod cymorth
ariannol Cyngor Llyfrau Cymru.
ISBN 978-1-80099-136-1

O'R TYWYLLWCH

Mair Wynn Hughes

y olfa

RHAN I - PARATOI

'Dw i'n gêm, os wyt ti,' meddai Hywyn gan grychu'i lygaid yn erbyn yr haul a oedd yn disgleirio'n grasboeth o'r awyr drymaidd. 'Chawn ni ddim cyfle'n hir eto. Ddim wedi i bawb gilio o dan y ddaear.'

Plygodd i fwytho'r ci a oedd yn gorwedd yn swrth wrth ei draed. 'Wn i ddim be wnei di yn fan'no, Sam,' meddai. 'Fydd 'na nunlle i ti chwarae wedyn.'

'Ond chaiff cŵn ddim mynd i'r Ddinas,' meddai Meilyr. 'Roedd o ar y radio neithiwr. Dim ond pobl a phlant. Dim cŵn na chathod, na'r un anifail. Dyna ddeudodd y dyn. A dim ond wythnos sydd ar ôl.'

Edrychodd Hywyn yn hurt ar ei ffrind.

'Dim anifeiliaid? Ond fedra i ddim gadael Sam ar ôl.' Daeth golwg styfnig i wyneb Hywyn y tu ôl i'w fwgwd haul, a rhoddodd gic sydyn i'r pridd diffrwyth wrth ei draed. 'Mi a' i â fo rywsut, gei di weld. Dydi o ddim yn deg, nac'di? Pam mae'n rhaid i bawb fynd i fyw i ddinas o dan y mynydd? Pam dy'n ni ddim yn gallu byw yma ar yr wyneb am byth?'

Ond roedd o'n gwybod yn iawn pam. On'd oedd y tymheredd yn codi o ddydd i ddydd a'r caeau'n ddim ond pridd llychlyd a hwnnw'n codi'n gymylau o flaen y stormydd ffyrnig? On'd oedd y radio a'r teledu a'r papurau newydd yn pregethu a phregethu mor beryg fyddai aros ar yr wyneb a phobman yn gwywo o'u cwmpas? Mae'r awdurdodau wedi bod wrthi'n paratoi ers blynyddoedd, meddai tad Meilyr. Mi fuon nhw'n cloddio a chloddio i wneud dinasoedd o dan yr wyneb, a phob un ohonyn nhw efo ugeiniau o lefelau lle roedd pobl yn gallu byw fel cwningod heb fyth weld golau dydd. A'r bobl eu hunain oedd ar fai, meddai tad Meilyr eto. Roedden nhw wedi llygru'r ddaear efo cemegau ac wedi difetha'r haen osôn hefyd, heb boeni dim am y canlyniadau. A rŵan, roedd hi'n rhy hwyr.

Trodd at Meilyr a chynnig eto. 'Mi dw i'n gêm, os wyt ti.'

Symudodd Meilyr yn anniddig yng nghysgod y sied. Mi roedd o'n gêm. Wrth gwrs ei fod o! Ond roedd ei dad wedi'i rybuddio. Dim byd i ddenu sylw'r awdurdodau, dyna siarsiodd o, oherwydd y gyfrinach. Cyfrinach doedd o ddim yn cael ei datgelu i neb. Ddim hyd yn oed i Hywyn, er ei fod o bron â thorri'i fol eisiau dweud.

'Wn i ddim,' meddai'n gloff. 'Dydyn ni ddim i fod ...'

Edrychodd Hywyn yn syn arno.

'Wel, wrth gwrs, dydyn ni ddim i fod! Ers pryd mae hynny'n cyfri? Ty'd yn dy flaen. Fydd neb yn gwybod.'

Wrth weld Meilyr yn dal i betruso, bygythiodd, 'Mi a' i fy hun, os oes ofn arnat ti.'

'Ofn? Y fi? Dim peryg,' wfftiodd Meilyr yn frysiog.

Ymsythodd yn benderfynol a cheisiodd anghofio geiriau pendant ei dad.

Mae o bron â thorri'i fol eisiau dweud wrth Hywyn. Ond fedr o ddim. Ddim ac yntau wedi gaddo. Gaddo'n bendant. Ond doedd o 'rioed wedi cuddio dim byd oddi wrth Hywyn o'r blaen. Ddim a'r ddau ohonyn nhw'n ffrindiau penna. Ond roedd y gyfrinach yn bwysig. Yn rhy bwysig i sôn gair wrth neb.

Edrychodd y ddau ar yr olygfa o'u blaenau. Roedd pawb fel morgrug o brysur o gwmpas y fynedfa i'r ddinas o dan y mynydd. Roedd tryciau a loriau'n gwibio'n ôl ac ymlaen gan godi'r pridd yn gymylau llychlyd; roedd criwiau o ddynion yn llwytho ac yn dadlwytho nwyddau yn bentyrrau anferth wrth geg y fynedfa, a milwyr gwyliadwrus yn goruchwylio popeth. Roedd yn rhaid i bawb fudo i'r Ddinas, ac roedd yn rhaid i bawb ufuddhau i'r awdurdodau a gweithio'n galed ar y paratoadau olaf cyn y symud mawr.

'Does neb yn sbio,' meddai Hywyn. 'Yli, fyddan ni ddim chwinciad cyn cyrraedd y goedwig.' Roedd o ar dân eisiau mynd yno. Dyna hoff lecyn chwarae Meilyr ac yntau ers pan oedden nhw'n ddigon hen i grwydro. Ac roedd yr hen bentre yno. Hen bentre ymhell yng nghanol y goedwig a phawb wedi anghofio amdano. Roedd yno adfeilion tai a sgerbwd hen eglwys, a dim ond llwybr cudd yn arwain atyn nhw bellach. Ond roedd Hywyn a Meilyr wrth eu bodd yno. Roedden nhw'n gallu anghofio'r rheolau a thynnu'u mygydau yng nghysgod yr hen waliau heb ofni bod neb yno i'w gweld. Ac unwaith neu ddwy roedden nhw wedi tynnu'u siwtiau haul hefyd ac wedi rhedeg yn sionc ac yn rhydd trwy'r brwgaets crin. Ond dim ond unwaith neu ddwy am fod gwres yr haul yn ormod.

Ac yn well na'r cyfan, roedden nhw wedi darganfod ffynnon a oedd yn tarddu'n araf i'r wyneb wrth ymyl yr eglwys. Ffynnon fechan heb ddigon o ddŵr i'w gasglu mewn cledr llaw, bron. Ond mor braf oedd cael llond llaw ar ôl hir ddisgwyl, ac yna cael cau eu llygaid a'i fwynhau'n wlyb ac oer yn eu cegau. A rhannu ychydig o'r diferion prin efo Sam hefyd.

Wrth gwrs, fe ddylen nhw fod wedi dweud wrth yr awdurdodau am y ffynnon ar unwaith. Roedd dŵr wedi'i ddogni a rhaid cynilo pob diferyn nes bod ei wir angen. Ond wnaethon nhw ddim. Eu llecyn arbennig nhw oedd yr hen bentre, a doedden nhw ddim am ddweud gair wrth neb.

Llithrodd y ddau trwy'r gwrych a disgyn yn sydyn yn sypiau blêr yr ochr arall. 'Ar dy fol rŵan,' sibrydodd Hywyn. 'A dim sŵn.'

'Mi wn i, siŵr,' wfftiodd Meilyr. 'Wyt ti'n meddwl 'mod i'n wirion?'

Crafangodd y ddau ymlaen gan siarsio Sam i fynd i lawr ar ei fol hefyd. Ymhen hir a hwyr fe gyrhaeddon nhw gysgod llwyn drain ar gwr y goedwig.

'Oeddet ti'n gwybod bod 'na erddi arbennig yn y Ddinas?' meddai Hywyn, gan godi ar ei eistedd. 'A'r rheiny'n llawn o blanhigion sy'n tyfu heb olau dydd iawn. Ac mae 'na beiriannau mawr lawr yng nghrombil y ddaear, medda Dad. A'r rheiny'n gweithio am byth heb dorri i lawr. A fydd dim rhaid inni wisgo siwtiau arbennig ar ôl i ni fynd i fyw yno chwaith, achos fydd 'na ddim haul.'

'Mi wn i,' atebodd Meilyr yn reit swta.

Trodd i sbecian yn ôl ar ei gartre a cheg y fynedfa fawr gerllaw. Tybed oedd y milwr pwysig 'na a oedd yn goruchwylio'r prysurdeb wedi'u gweld yn dod i fyny yma? Teimlodd y chwys yn rhedeg yn afon gynnes i lawr ei gefn wrth feddwl am gynlluniau ei rieni. Mi fyddai popeth yn mynd o chwith petai'r milwyr yn amau rhywbeth. Ac arno fo fyddai'r bai am ddod efo Hywyn, yn lle aros fel y dywedodd ei dad wrtho am wneud. Neidiodd ei galon pan welodd y milwr yn troi i edrych i gyfeiriad y goedwig.

Ond roedd Hywyn yn dal i bregethu heb falio dim.

'Ac ar ôl iddyn nhw gau'r pyrth, maen nhw am roi concrit i neud yn siŵr na fydd neb byth yn gallu dringo i'r wyneb eto, medda Dad. Oherwydd bod y byd 'ma wedi'i ddifetha am byth. Ond bydd bywyd yn ddiogel yn y Ddinas, a fydd dim angen poeni am stormydd na gwres yr haul, na dŵr ddim ffit i'w yfed na dim. Ac mae Dad yn mynd i ddysgu yn un o'r ysgolion. Athro Hanes, 'run fath ag ydi o rŵan. Be wnaiff dy dad di, Meilyr? Fydd dim isio ffermwyr yn y Ddinas, yn na fydd?'

Beth fyddai'i dad yn ei wneud? Symudodd Meilyr yn annifyr. Ond ... ond fyddai ei dad ddim yn y Ddinas, meddyliodd. Dyna oedd y gyfrinach. Doedd ei rieni ddim am fynd. Nac yntau chwaith.

Roedden nhw am guddio ymhell i fyny'r cwm a disgwyl i bawb fynd ... ac wedyn dychwelyd i'w cartre a byw fel roedden nhw rŵan. Byddai yna ddigon o bopeth i'r ychydig oedd am aros ar ôl, meddai'i dad. A fyddai yna neb i ddeddfu sut oedd gwneud pethau chwaith. Ond fiw iddo ddweud dim wrth Hywyn oherwydd doedd ei rieni o'n gwybod dim am y gyfrinach.

Llithrodd Meilyr yn ôl ar ei fol heb ateb Hywyn a sleifiodd ymlaen i gyfeiriad y coed. 'Be wnaiff o, Meilyr?' holodd Hywyn eto o'r tu ôl iddo.

'Wn i ddim,' meddai Meilyr yn gyndyn. 'Yli, ty'd yn dy flaen a phaid â siarad, rhag ofn i rywun ein gweld ni.'

'Ia ... ond mae'n rhaid i bawb neud rhywbeth yn y Ddinas,' meddai Hywyn. 'Fedrwn ni ddim byw o dan y ddaear heb i bawb neud ei orau, medda Dad. Dw i ddim isio mynd os na cha' i fynd â Sam,' meddai'n ddistaw, gan roi ei wyneb yn agos agos at un Meilyr. 'Dw i'n deud wrthot ti rŵan. Dydi o ddim yn deg.'

'Mae'n rhaid i bawb fynd,' meddai Meilyr yn anghyfforddus. 'Dyna mae'r awdurdodau'n ei ddeud.'

Cyrhaeddodd y goedwig o flaen Hywyn a safodd yn falch. Ond rywsut fedrai o ddim edrych i wyneb ei ffrind ... am fod pwysau'r gyfrinach yn drwm ar ei feddwl.

Roedd pobman yn felyn ac yn sych grimp, hyd yn oed yma yng nghysgod y coed. A rywsut, heddiw, roedd y gwres yn drymach nag arfer. Fel pe bai storm ar fin torri.

'Brysia,' meddai Hywyn yn sydyn gan graffu rhwng brigau'r coed i astudio'r awyr am y tro cyntaf. 'Synnwn i ddim na fydd 'na storm cyn nos. Yli'r cymylau 'na'n hel fan'cw.'

Nodiodd Meilyr. Oedd, roedd hi am fod yn storm. Ond doedden nhw ddim am droi'n llwfrgwn ar ôl iddyn nhw fentro yma. Ac roedd meddwl am y ffynnon a'i dŵr oer, ffres yn eu denu ymlaen.

Brysiodd y ddau i grafangu drwy'r brwgaets a'r mân dyfiant o dan y coed nes cyrraedd y llwybr bach igam-ogam a arweiniai at yr hen bentre. Roedd yn haws cerdded ymlaen ar ôl ei gyrraedd.

'Rhaid inni ofalu peidio â gadael olion rhag ofn i rywun ein dilyn ni,' meddai Meilyr. 'Mi fuasai'n andros o helynt tasen nhw'n gwybod ein bod ni yma!'

Doedd dim angen iddo ddweud hynny wrth Hywyn. Roedd y rhieni bellach yn gofalu nad oedd 'run o'r plant yn crwydro. Roedd hi'n rhy beryg. Am fod y stormydd mor sydyn a pheryglus, medden nhw.

Stormydd o fellt a tharanau a gwyntoedd nerthol a

fyddai'n taro coed ac adeiladau a phontydd i'r llawr fel pe baen nhw'n ddim ond matsys.

Cyrhaeddon nhw'r hen bentre.

'Am y cynta at y ffynnon,' gwaeddodd Hywyn gan godi ras sydyn. 'Y fi gyrhaeddith gynta!'

'Faint o bet?' heriodd Meilyr gan rasio ar ei ôl â'i wynt yn ei ddwrn.

Anelodd y ddau am y ffynnon gan neidio a sboncio dros y meini a oedd wedi hanner eu cuddio yn y brwgaets. Dilynodd Sam wrth eu sodlau.

Fe gyrhaeddodd y ddau ochr yn ochr. 'Y fi enillodd!' meddai Meilyr.

'Paid â'u deud nhw! Y fi ddaru,' wfftiodd Hywyn. 'Roedd fy nhroed i ar y glaswellt ffres 'ma cyn dy fod di'n agos!'

Ond doedd fawr o ots gan y ddau. Cael mynd i'w cwrcwd a chwpanu'u dwylo i ddal y dŵr oedd yn bwysig. A'i sipian yn araf wedyn i leddfu sychder eu cegau.

'Isio llymaid, was?' holodd Hywyn gan estyn ei law i ddal rhagor o ddiferion. 'Hwda, Sam.'

Yna gorweddodd y ddau yng nghysgod wal yr eglwys. 'Be wnawn ni rŵan?' holodd Hywyn yn ddiog.

'Wn i ddim,' atebodd Meilyr yr un mor ddiog.

Tynnodd ei fwgwd haul ac ochneidiodd yn falch. Mor braf oedd cael teimlo awel ar ei wyneb, meddyliodd. Rywsut roedd y prysurdeb di-ben-draw yng ngheg y fynedfa ymhell bell i ffwrdd y munud hwnnw. Roedd hi mor braf yma yng nghanol y coed a dim ond gwynt ysgafn yn symud y brigau. Ochneidiodd yn ddioglyd.

'Beth am fynd i archwilio'r adfeilion?' holodd Hywyn yn gysglyd.

Ond doedd fawr o awydd ar Meilyr. ''Dan ni wedi bod sawl gwaith o'r blaen,' meddai.

'Wyt ti am dynnu dy siwt haul?' holodd Hywyn wedyn gan droi ar ei fol a chosi trwyn Meilyr efo gwelltyn crin.

'Rho'r gora iddi,' cwynodd Meilyr. 'Dw i'n iawn fel rydw i.'

Gorweddodd y ddau'n sypiau diog heb sylwi bod yr awel wedi cryfhau a bod brigau uchaf y coed yn aflonyddu fwyfwy uwch eu pennau.

'Faint o'r gloch 'di?' holodd Meilyr yn sydyn. 'Fiw inni fod yn rhy hir.' Cododd ar ei eistedd, ac am y tro cyntaf sylweddolodd mor gryf oedd yr awel. 'Mae'r storm ar ei ffordd,' meddai. 'Rhaid inni fynd!'

Ond cyn iddo fedru codi'n frysiog ar ei draed daeth clec sydyn a chwympodd brigyn o'r entrychion yn swnllyd ar yr eglwys.

Neidiodd y ddau i fyny'n ofnus wrth i'r gwynt rygnu trwy'r coed.

'Mae'n rhy hwyr,' gwaeddodd Hywyn. Disgynnodd dail crin a mân frigau yn gawod ar waliau adfail yr eglwys. 'Rhaid inni chwilio am gysgod!'

'Ond ble?' gwaeddodd Meilyr yn ôl gan edrych yn wyllt o'i gwmpas. Dim ond ffyliaid fyddai'n cysgodi wrth ymyl waliau a'r rheiny wedi hanner cwympo'n beryglus yn barod.

'Y seler,' gwaeddodd Hywyn gan bwyntio i gyfeiriad yr eglwys.

'Ond ... ond ...' meddai Meilyr.

Ond doedd dim amser i betruso. Yr eiliad honno fe gododd y gwynt yn sgrech ddychrynllyd, a gyda sŵn fel daeargryn dechreuodd un o'r coed mawr ysgwyd wrth i'r gwynt afael ynddi a'i hysgwyd o ochr i ochr, nes rhwygo ei gwreiddiau o'r pridd sych.

'Meilyr!' gwaeddodd Hywyn.

Gafaelodd y ddau yn ei gilydd wrth i'r gwynt fygwth eu hyrddio hwythau i'r llawr a'u rowlio'n bendramwnwgl rhwng boncyffion y coed. Baglodd y ddau orau y gallen nhw am y grisiau cerrig i gysgod y seler.

'SAM! Ble mae Sam?' gwaeddodd Hywyn yn sydyn. Trodd yn ei ôl i fyny'r grisiau.

'Aros yma'r ffŵl,' gwaeddodd Meilyr gan drio gafael ynddo i'w rwystro. 'Mae'n rhy beryg.' Ond llithrodd Hywyn fel llysywen o'i afael. Ei gi o oedd Sam. Roedd yn rhaid iddo ei achub.

Crafangodd i ben y grisiau yn union wrth i'r goeden syrthio fel taran gan falurio wal un o'r hen dai.

Cynyddodd sŵn y gwynt yn sgrech annaearol.

'SAM!' gwaeddodd Hywyn gan lygadu o'i gwmpas yn wyllt. Trodd i sbio ar ei ffrind wrth i Meilyr gyrraedd ato ar ben y grisiau.

'Fedra i mo'i adael o yma, w'sti,' gwaeddodd. 'Rhaid imi chwilio amdano fo. SAM!'

Dechreuodd gropian ar ei fol yn erbyn y gwynt. Roedd

Sam mewn perygl yn rhywle. Efallai'i fod o'n crynu gan ofn ac yn swnian am ei feistr. Crafangodd ymlaen yn benderfynol heb sylweddoli bod Meilyr ochr yn ochr ag ef. Daliai ei afael fel gelen yn y gwreiddiau oedd yn y golwg uwchben y pridd.

Roedd y gwynt yn plycio ac yn tynnu yn ei gorff, ac yn bygwth gafael ynddo a'i hyrddio hyd lawr y goedwig.

'SAM!' gwaeddodd Hywyn yn floesg. 'SAM!'

Ond cipiodd y gwynt ei lais a'i daflu'n ddim i'r entrychion. Crafangodd ymlaen gan gau'i lygaid yn erbyn y pridd a'r brigau a oedd yn chwythu i'w wyneb.

'SAM!'

Collodd ei afael mewn gwreiddyn a theimlodd ei hun yn llithro ... llithro yn nerth ofnadwy y gwynt. Yna, gafaelodd y gwynt ynddo a'i rowlio'n ddiymadferth ar hyd y llawr. Trawodd ei ben ar foncyff a saethodd poen trwy'i dalcen. Ceisiodd Meilyr afael ynddo, ond fe fethodd a rhowliodd y ddau rhwng y boncyffion.

Crafangodd y ddau i geisio gafael mewn gwreiddyn ... boncyff ... meini ... unrhyw beth i atal eu hunain rhag mynd efo'r gwynt.

'Gafael yndda i!' gwaeddodd Meilyr a'i fysedd yn cau ar wreiddyn trwchus.

'F-fedra i dd-ddim,' meddai Hywyn rhwng ei ddannedd wrth iddo gael ei chwythu heibio.

Ond rywsut fe lwyddodd Meilyr i blethu'i goesau amdano a dal ei afael ynddo fo ac yn y gwreiddyn ar yr un pryd.

Tynnodd ef yn boenus o araf i gysgod pentwr o feini gerllaw. Gorweddodd y ddau'n ddiolchgar yn eu cysgod gan ymladd am eu gwynt.

Llifodd dagrau'n araf i lawr wyneb Hywyn. Roedd o wedi methu. Wedi methu cael hyd i Sam. Ac arno fo roedd y bai. Roedd wedi arbed ei hun ac anghofio amdano.

Yna teimlodd dafod gwlyb ar ei wyneb a thrwyn oer yn mynnu gwthio i gledr ei law. SAM! Trodd ei ddagrau'n ddagrau o lawenydd. Estynnodd i afael yn ei goler a'i dynnu i swatio'n glòs wrtho. Yna gwasgodd ei hun yn dynn wrth ochr Meilyr a gwasgu'r tri ohonyn nhw'n nes at y wal.

Roedd y gwynt yn rhuo fel trên ym mrigau'r coed; yn chwibanu'n ddychrynllyd o gwmpas cysgod y meini ac yn plycio'n ddi-baid ynddyn nhw fel pe bai'n ceisio'u hyrddio o'u cysgod a'u taflu'n sypiau diymadferth hyd lawr y goedwig unwaith eto.

Oedd gobaith iddyn nhw grafangu'n ôl i ddiogelwch y seler, tybed? Weithiau roedd y storm yn tawelu am ychydig eiliadau cyn hyrddio'i hun yn ffyrnig ar bopeth eto. Disgwyliodd y ddau. Disgwyl a disgwyl.

Yna peidiodd y gwynt a disgynnodd distawrwydd sydyn rhyfedd dros bobman. 'Rŵan!' gwaeddodd Meilyr gan ei daflu'i hun o gysgod y wal. 'Ty'd!'

Ond doedd dim angen gweiddi eto ar Hywyn.

Gafaelodd yn Sam a'i dynnu gydag ef am y seler. Ac yn syth ar ôl iddyn nhw gyrraedd, dechreuodd y gwynt godi unwaith eto. Ond roedden nhw wedi cyrraedd y grisiau ac yn eu taflu eu hunain i lawr am y gwaelod.

'Whiw!' meddai Meilyr wedi cyrraedd. 'Cael a chael oedd hi!'

Edrychodd Hywyn arno. 'Faswn i ddim wedi llwyddo oni bai amdanat ti,' meddai. 'Diolch, Meilyr. 'Dan ni'n ffrindiau am byth, yn tydyn? Yn y Ddinas hefyd.'

Nodiodd Meilyr heb ddweud gair. Roedd y gyfrinach ar flaen ei dafod. Ond roedd yn rhaid iddo'i brathu'n ôl. Roedd o wedi addo i'w rieni.

Distawodd y storm mor sydyn ag y dechreuodd. Brysiodd y ddau i ddringo o'u cysgod, a Sam gyda nhw.

Roedd pobman yn frith o fân frigau a thywyrch a faluriwyd yn chwilfriw gan y gwynt, a gorweddai'r goeden ar draws eu llwybr am adre. Ond roedd yr awyr yn las a digwmwl unwaith eto.

'Rhaid inni ddringo dros y goeden,' meddai Meilyr. 'Sgynnon ni ddim amser i chwilio am lwybr arall.

A bydd Dad yn poeni lle'r ydw i.'

'A Dad a Mam hefyd,' meddai Hywyn, er nad oedd o'n hollol siŵr o hynny chwaith. Roedd y ddau'n brysur yn catalogio llyfrau yn barod i'w symud i'r Ddinas.

Ond tybed a fydden nhw'n llwyddo i sleifio'n ôl heb i neb eu gweld? Efallai y byddai pawb yn rhy brysur ar ôl difrod y storm i boeni amdanyn nhw.

Safodd y ddau'n betrusgar i edrych ar goeden.

'Efallai y medrwn ni wthio trwy'i brigau hi,' meddai Hywyn yn amheus. 'Fedrwn ni byth ddringo dros y boncyff. Mae o fel wal tŷ.'

Ond roedd y brigau fel wal hefyd ... wal drwchus o frigau a dail hanner crin a fyddai'n cydio yn eu siwtiau haul a bygwth eu rhwygo.

'Ble mae fy mwgwd i?' gofynnodd Meilyr gan roi ei law yn sydyn ar ei wyneb noeth. 'Mi dynnais i o wrth y ffynnon.'

Anghofiodd y ddau am y goeden ac edrych ar ei gilydd yn bryderus. Roedd hi'n beryg bod allan yn yr haul heb fwgwd. Byddai rhieni Meilyr yn siŵr o'i gosbi am ei golli hefyd. A byddai'n rhaid i'r ddau egluro lle buon nhw ... ac mi fyddai'n storm arall arnyn nhw wedyn.

'Hidia befo. Byddwn ni'n siŵr o gael hyd iddo fo,' cysurodd Hywyn.

'Ond bydd y gwynt wedi'i chwythu o, does wybod i ble,' poenodd Meilyr. 'Ac os byddwn ni'n hwyr yn mynd adra ...'

Fedrai o ddim dweud rhagor. Byddai'i dad yn siŵr o wybod ei fod o wedi anufuddhau ... a chael ei siomi ynddo. A beth petai'r awdurdodau yn dod i fusnesa am ei fod o, Meilyr, wedi bod yn hogyn drwg, ac yn darganfod cynlluniau ei rieni wedyn ... ac yn difetha popeth? Fyddai yna ddim ail gyfle i guddio rhag mynd i'r Ddinas, dyna ddeudodd ei dad. Un siawns am byth. Dyna'i union eiriau fo.

Rhedodd y ddau'n ôl at y ffynnon a dechrau chwilio. Ond roedd y gwynt wedi chwythu a malu popeth ar ei ffordd, a doedd dim golwg o'r mwgwd yn unlle.

Dechreuodd calon Meilyr guro'n ofnus. Doedd o ddim eisiau mentro i'r haul crasboeth heb ei fwgwd. Un peth oedd ei dynnu am eiliadau prin yng nghysgod y coed. Hwyl yn herio'r awdurdodau a'u rheolau oedd hynny.

Ond roedd yr haul yn beryg.

'Be wna i?' holodd. 'Mi fydd Dad o'i go. A beth tasa'r awdurdodau yn dŵad ac yn darganfod y gyf ...' Brathodd ei wefus yn sydyn. Roedd o bron wedi dweud 'y gyfrinach'.

'Darganfod be?' holodd Hywyn wedi'i blygu yn ei hanner i chwilio am y mwgwd.

'O ... dim ... yy ... ,' atebodd Meilyr yn gloff. 'Roeddwn i'n ofni y bydden nhw'n deud y drefn.' Roedd o'n teimlo'n rêl bradwr.

'Dacw fo!' gwaeddodd Hywyn yn sydyn heb sylwi dim ar anniddigrwydd ei ffrind. 'Yli ... yn sownd wrth y mieri 'na.'

Neidiodd Meilyr yn falch am y mwgwd a'i roi dros ei wyneb. Teimlai'n well ar unwaith. Ond roedd yn rhaid wynebu'r siwrnai'n ôl eto.

'Waeth inni heb â thrio gwthio trwy'r brigau 'na,' meddai Hywyn wrth i'r ddau frysio'n ôl at y goeden. 'Fedrwn ni ddim mentro rhwygo'n siwtiau. Ddim a ninnau isio sleifio'n ôl heb i neb ein hamau ni. Beth am drio'r gwreiddiau?'

'Mae'n rhaid inni,' meddai Meilyr. 'Does dim amser i chwilio am lwybr arall. Mi gymerith oriau inni wthio trwy dyfiant y goedwig.'

'Hei! Ble mae Sam wedi mynd?' gwaeddodd Hywyn yn sydyn. 'SAM!'

Daeth cyfarthiad o'r ochr arall i'r goeden. Yna gwthiodd Sam heibio'r gwreiddiau ac yn ôl atyn nhw. 'Sut est ti i fan'na, was?' holodd Hywyn gan blygu i'w fwytho.

Penliniodd i astudio'r man. 'Dw i'n siŵr y medrwn ni wasgu trwodd yn fan'ma,' meddai. 'Yli, mi a' i gynta.'

Ond roedd yn haws i gi nag i fechgyn. Mi fu'n rhaid iddyn nhw wthio ymlaen ar eu boliau a phlygu sawl gwreiddyn styfnig o'r ffordd cyn iddyn nhw gyrraedd yr ochr arall.

'Ew, ty'd yn dy flaen,' cwynodd Meilyr heb aros i gael ei anadl, bron. 'Mae hi'n ben set arnon ni.'

Er bod chwys yn rhedeg yn afon o dan eu siwtiau, rhedodd y ddau ar hyd y llwybr igam-ogam nes iddyn nhw gyrraedd cyrion y goedwig. Yno, disgynnon nhw ar eu boliau a chrafangu ymlaen i astudio'r olygfa o'u blaenau. Oedd rhywun wedi gweld eu heisiau nhw? Oedd 'na griw yn chwilio amdanyn nhw'n barod? Daliodd y ddau eu gwynt yn boenus a chraffu i lawr tua'r fynedfa a'r fferm.

Roedd olion y storm i'w gweld ym mhobman. Gorweddai loriau a wageni ar eu hochrau a'u llwythi wedi dymchwel yn blith draphlith ohonyn nhw. Roedd y pentyrrau o nwyddau ar gyfer y Ddinas wedi'u chwalu a'u malurio'n flêr, a sawl coeden wedi'i chodi o'i gwreiddiau a'i thaflu ar draws y ffordd. Ond erbyn hyn roedd yr haul yn grasboeth unwaith eto a'r criwiau o ddynion yn gweithio mor brysur ag erioed.

'Mae to'r beudy wedi'i chwalu,' sylwodd Meilyr. 'A dacw fo Dad yn tynnu'r llechi rhydd. Mi fydd o'n siŵr o holi lle fuon ni,' meddai'n ofidus.

'Efo'n gilydd, 'te?' meddai Hywyn. 'Fydd hynny ddim yn gelwydd. Peidio â deud lle ... efallai y meddylith o mai yn ein tŷ ni y buost ti.'

Ia, cau ei geg fyddai orau, meddyliodd Meilyr. Sleifiodd y ddau o lwyn i lwyn a'u calonnau yn eu gyddfau.

O'r diwedd fe gyrhaeddon nhw'r gwrych. Ac ar ôl sbecian yn ofalus i weld a oedd rhywun o gwmpas, llithrodd y ddau trwyddo a sefyll yn ddiniwed yn y buarth.

'Wela i di,' meddai Hywyn yn frysiog gan anelu am ei gartre, a llu o esgusodion yn barod ganddo ar flaen ei dafod.

'Iawn,' atebodd Meilyr gan baratoi i wynebu ei dad. Gyda lwc, fyddai o ddim yn holi llawer.

'Dwyt ti byth yma pan dw i d'isio di,' cwynodd Dewi Rees wrth weld ei fab yn sefyll yno. 'Ble buost ti – os oes angen imi ofyn? Yn nhŷ Hywyn eto, debyg.'

Penderfynodd Meilyr beidio ag ateb. Fyddai o ddim yn dweud celwydd felly, na fyddai?

'Estyn y morthwyl 'na imi,' gorchmynnodd ei dad.

Ufuddhaodd Meilyr. Dyna dda nad oedd ei dad yn disgwyl am ateb i'w gwestiwn!

Ar ôl iddi dywyllu y noson honno fe ddaeth sawl cnoc ddirgel ar ddrws y ffermdy. Edrychodd Dewi Rees ar ei wraig a'i fab â golwg ddifrifol.

'Dim smic gan yr un ohonoch chi,' gorchmynnodd yn isel. 'A Megan, gwna'n siŵr does dim mymryn o olau'n dangos drwy'r llenni.'

Aeth trwy'r drws a'i gau ar ei ôl. Clywodd y ddau Dewi'n ymbalfalu'i ffordd drwy dywyllwch y lobi ac yna glic distaw'r drws ffrynt wrth iddo'i agor.

Yn fuan daeth nifer o bobl i mewn, pob un mewn dillad tywyll ac yn eistedd heb ddweud gair. 'Wel, dw i'n meddwl ein bod ni i gyd yma,' meddai Dewi Rees mewn llais isel. 'Ydi popeth yn barod?' Nodiodd pawb o un i un.

'Yna mi awn ni dros y cynlluniau unwaith eto. Hwn fydd y tro olaf i ni i gyd gyfarfod yma. Cofiwch, bydd yn rhy beryglus inni o hyn ymlaen. Mae'r awdurdodau am ofalu bod pawb yn mynd i'r Ddinas, ac maen nhw'n siŵr o fod yn fwy gwyliadwrus fyth y nosweithiau ola 'ma.'

Edrychodd o gwmpas y cwmni.

'Mi a' i dros y trefniadau eto. Yn gyntaf ... pob teulu i ofalu am eu cuddfan eu hunain. Yn ail ... gofalu bod bwyd a diod yno. Digon am fis o leiaf. Yn drydydd ... gofalu peidio â gneud dim i dynnu sylw'r awdurdodau. Ac yn bedwerydd ... pawb i fod yn eu cuddfan cyn y wawr ar fore'r mudo. Bydd yn rhaid i chi gau eich hunain i mewn, a pheidio â dŵad allan oddi yno cyn pen y mis.'

Teimlodd Meilyr ei galon yn dechrau curo'n gyflymach wrth wrando ar ei dad. Roedd yr hyn roedden nhw am ei wneud yn beryglus. Yn erbyn y gyfraith. Ac mi fyddai pobl yn cael eu cosbi am wneud drwg.

Ond roedd wyneb ei dad yn hyderus a thawel. Ac wyneb ei fam hefyd. Doedd 'run ohonyn nhw eisiau mudo o dan y ddaear heb fyth weld olau dydd eto. Doedd yntau ddim chwaith. Ond byddai'n dda ganddo petai Hywyn yn cael aros hefyd, meddyliodd yn ddigalon. Gwrandawodd ar y murmur lleisiau isel. Beth oedd Hywyn yn ei wneud rŵan, tybed?

Gorweddai Hywyn ar y mat a'i fraich am wddf Sam. Roedd o wedi gwylltio'n gacwn.

'Dw i ddim am adael Sam,' gwaeddodd. 'Dydi o ddim yn deg. Efo fi mae Sam isio bod.'

'Hywyn ... dyna ydi'r rheol. Dim anifeiliaid,' eglurodd ei dad unwaith eto. 'Does 'na ddim lle iddyn nhw yn y Ddinas.'

'Mi farwith Sam ar ei ben ei hun ar yr wyneb. Ry'ch chi'n gwybod hynny. Fydd 'ma neb i'w fwydo na dim.'

'Na wnaiff, siŵr, wnaiff o ddim marw,' meddai'i dad yn amyneddgar. 'Yli, Hywyn, paid â chodi ffys am ddim byd. Mi fydd Sam yn berffaith hapus ar yr wyneb. Yn hapusach o lawer na phetai o i lawr yn y Ddinas ...'

'Fydd Sam ddim yn hapus hebdda i,' meddai Hywyn. 'Na finna hebddo fo chwaith.'

Ceisiodd ei dad egluro eto. 'Lle i bobl yn unig sydd yn y Ddinas, Hywyn. Does dim angen anifeiliaid yno. Mae popeth wedi'i drefnu, a dyfodol ardderchog inni i gyd heb orfod poeni am stormydd na gwres peryglus yr haul.'

'Mae'r rheiny'n beryg i Sam hefyd,' meddai Hywyn yn styfnig. 'Pam mae'n rhaid iddo fo aros mewn lle peryg?'

'Anifail ydi o. Anifeiliaid gwyllt oedd ei gyndadau. Ac

fel ei gyndadau, bydd o'n gwybod sut i ofalu amdano'i hun. Mae pob anifail yn medru os caiff o ryddid.'

Trodd Hywyn i anwylo Sam heb ddweud gair. Doedd o ddim am wrando ar ddadleuon ei rieni. Os nad oedd Sam yn cael mynd, doedd yntau ddim am fynd chwaith. Roedd o am aros ar yr wyneb, waeth beth fyddai neb yn ei ddweud.

Cychwynnodd Hywyn, a Sam wrth ei gwt, am gartre Meilyr ben bore trannoeth. Roedd o'n benderfynol o gael sôn wrtho am aros ar yr wyneb. Nodiodd wrtho'i hun. Efallai y byddai Meilyr yn aros efo fo. Mi fydden nhw'u dau ... a Sam ... yn iawn efo'i gilydd.

Arafodd am eiliad wrth i syniad ardderchog ddod i'w feddwl. Gallai Meilyr ac yntau ffermio ar ôl i rieni Meilyr fynd i'r Ddinas. Roedd yna fuwch a llo, a defaid ac ŵyn, i gyd yn ddiogel yn y siediau rhag effaith yr haul. Roedd o'n siŵr y bydden nhw'n medru byw'n iawn ar eu pen eu hunain.

Mor braf fyddai hi! Dim angen poeni am fynd am dro i'r goedwig na dim ... neb i ddweud 'na' wrthyn nhw.

Dechreuodd chwibanu o dan ei wynt wrth iddo frysio ymlaen. Cyrhaeddodd y buarth. 'Ble mae Meilyr, Mr Rees?' galwodd wrth ei weld yn nrws y sied. 'Gaiff o ddŵad allan?'

Petrusodd Mr Rees cyn ateb, fel pe bai'n pendroni ynghylch rhywbeth. Yna nodiodd.

'Iawn,' meddai, 'ond i chi beidio â mynd yn bell.' Trodd yn ôl i'r sied i alw ar Meilyr. Yna siarsiodd o yn ddistaw, 'Paid ti â deud dim byd wrth Hywyn rŵan. Wyt ti'n dallt?'

Nodiodd Meilyr yn anfoddog. Roedd o wedi cael digon ar siarsio ei dad. Doedd hi ddim yn iawn gorfod cuddio rhywbeth oddi wrth ei ffrind gorau. A byddai Hywyn byth yn bradychu cyfrinach.

'Dw i isio siarad efo ti,' meddai Hywyn yn ddistaw. 'Cyfrinach.'

Dechreuodd Meilyr deimlo'n annifyr. Doedd o ddim eisiau clywed cyfrinach Hywyn ac yntau'n gorfod cuddio'i gyfrinach ei hun.

'Wn i ddim ...' cychwynnodd.

Trodd Hywyn ar ei sawdl.

'Ty'd yn dy flaen,' gorchmynnodd. 'Draw i'r cae. Chlywith neb monon ni yn fan'no.'

Dilynodd Meilyr ef a'i feddwl yn ferw gwyllt. 'Dw i ddim eis–' cychwynnodd eto.

Edrychodd Hywyn yn gyflym o'i gwmpas er mwyn gweld nad oedd neb yn agos.

'Dw i ddim yn mynd i'r Ddinas,' meddai mewn llais isel. 'Dw i am aros yma efo Sam. Wnei di aros efo fi?'

Agorodd Meilyr ei geg, ond ddaeth dim byd allan.

'A-Aros yma?' meddai o'r diwedd a gwich yn ei lais.

'Sssh! Ddim mor uchel,' meddai Hywyn a thaflu cipolwg arall o gwmpas y cae. 'Does dim isio i neb glywed, yn nac oes?'

'Ond ...'

'Wnei di ... 'ta wnei di ddim?' holodd Hywyn yn swta. 'Dw i'n deud wrthot ti. Wna i ddim symud 'run cam heb Sam. Ac os na cha' i fynd â fo efo fi, yna dw i'n mynd i guddio ar yr wyneb nes byddan nhw i gyd wedi mynd. Be amdanat ti?'

Doedd Meilyr ddim yn gwybod beth i'w ddweud. Be oedd o'n mynd i'w wneud rŵan a Hywyn yn gofyn iddo fo aros ... ac yntau'n aros yn barod? Ond roedd hynny'n gyfrinach!

'Wel, deuda rywbeth,' meddai Hywyn yn ddiamynedd. 'Os oes ofn arnat ti, mi arhosa i fy hun.'

'Na ... does dim ofn arna i,' meddai Meilyr yn araf.

'Dyna fo, 'ta,' meddai Hywyn yn falch. 'Mi arhoswn ni'n dau.'

Fedrai Meilyr ddim dioddef rhagor. Llyncodd boer a gweddïo na châi ei dad wybod. 'Rydyn ni'n aros yn barod,' meddai. 'Mam a Dad a lot o rai eraill.'

'BE?' Edrychodd Hywyn yn hurt arno. Rhoddodd gic sydyn, ffyrnig i'r pridd llychlyd. 'Pam na faset ti'n deud, 'ta?' Cododd ei lais yn gyhuddgar. 'Roeddet ti am aros, a gadael i mi fynd heb ddeud. Bradwr!'

'Cyfrinach Dad a Mam ydi hi. Fiw imi ddeud.'

'Cadw dy gyfrinach, 'ta. Mi arhosa i ar fy mhen fy hun.' Dechreuodd Hywyn gerdded yn gyflym oddi wrtho.

'Na ... aros,' galwodd Meilyr. Rhedodd ar ei ôl. 'Dwyt ti ddim yn gweld? Ddim fy nghyfrinach i oedd hi. Fedrwn i ddim deud.'

Ond roedd Hywyn wedi gwylltio gormod i wrando. Ffrind oedd ffrind. Ac mi roedd ffrindiau'n rhannu cyfrinachau.

Roedd o wedi brysio yma i ddweud wrth Meilyr,

on'd oedd?

'Hywyn! Paid â bod fel'na ...'

Brysiodd Meilyr ar ei ôl.

'Yli, mi helpa i chdi i aros hefyd. Heb ddeud wrth Mam a Dad. Ac ar ôl i bawb fynd, mi gawn ni fod efo'n gilydd. Fedr neb ein rhwystro ni wedyn.'

Tawelodd tymer Hywyn ychydig. Efallai nad oedd bai ar Meilyr am beidio â dweud. Ddim ac yntau wedi gaddo i'w rieni. Ac os ydi rhywbeth yn gyfrinach ... a chithau wedi gaddo, wel, fedrwch chi ddim agor eich ceg wrth neb.

'Iawn, 'ta,' meddai'n gyndyn. 'Ond dw i ddim wedi maddau i ti, cofia.'

Roedd o wedi maddau mewn gwirionedd, ond doedd o ddim am gyfaddef hynny wrth Meilyr. Ddim yn syth bìn.

'Ble ydych chi am guddio?' holodd.

Dechreuodd Meilyr deimlo'n annifyr eto. Roedd o wedi dweud wrth Hywyn eu bod nhw am aros ... ond oedd yn rhaid iddo ddweud ble hefyd? Caeodd ei geg yn benderfynol.

'Wel ... ble, 'ta?' holodd Hywyn eto.

'Does neb i fod i wybod,' meddai Meilyr. 'Ddim y teuluoedd eraill sy'n aros, na neb.'

'Ond sut fydda i'n gwybod lle i'ch ffeindio chi? A ble ga' i guddio?' holodd Hywyn. Dechreuodd ei dymer godi eto.

'Dydi deud hanner cyfrinach yn dda i ddim,' meddai'n bwdlyd. 'A pha wahaniaeth fydda deud wrtha i'n 'i neud? Faswn i'n deud dim wrth neb.'

'Ond be tasan nhw'n dy ddal di ... ac yn gwasgu'r gyfrinach ohonot ti?' holodd Meilyr. 'Yn dy hongian di â dy ben i lawr oddi wrth fodiau dy draed, neu yn dy gau di heb fwyd na diod am wythnosau? 'Run fath â'r ffilm honno welson ni llynedd.'

'O ... iawn, 'ta. Dw i ddim isio gwbod dy hen gyfrinach di,' meddai Hywyn. 'Ond waeth be fasa neb yn ei neud imi, faswn i byth yn agor fy ngheg wrthyn nhw,' broliodd ... er, doedd o ddim yn hollol siŵr o hynny chwaith.

'Ond ble ca' i guddio?' holodd. 'Wnei di guddio efo fi?'

Ysgydwodd Meilyr ei ben.

'Fasa Dad a Mam byth yn gadael imi,' meddai. 'Ac os cân nhw wybod amdanat ti, efalla mai deud wrth dy rieni wnân nhw.'

'Mi fasa hynny'n bradychu eu cyfrinach eu hunain,' meddai Hywyn.

Ond doedd o ddim am fentro cael ei orfodi i fynd i'r Ddinas. Na, roedd yn well ganddo guddio am wythnosau ar ei ben ei hun na hynny. Wel, ddim ar ei ben ei hun yn hollol ... efo Sam, wrth gwrs.

'Beth am i ti guddio yn seler yr hen eglwys?' meddai Meilyr yn sydyn. 'Does neb yn gwybod am fan'no. Ac mae 'na ddŵr yno'n barod. Dim ond bwyd fase isio arnat ti felly.'

Roedd Hywyn wrth ei fodd efo'r awgrym.

'Mi a' i â sach gysgu yno,' penderfynodd. 'A digon o duniau hefyd. Grêt, Meilyr.'

'Rhaid i ti fynd â nhw yno heb i neb dy weld di, cofia,'

rhybuddiodd Meilyr. 'Mi helpa i chdi. Mynd â nhw yn y nos fasa orau. Dechrau heno nesa. Mi ddo' i i dy gyfarfod di wrth wrych y buarth ar ôl i bawb fynd i'w gwelyau.'

Ac felly y bu. Ar ôl i'w fam a'i dad fynd i'r gwely y noson honno, cododd Hywyn yn ddistaw bach a mynd ar flaenau'i draed fel llygoden i lawr y grisiau. Roedd o wedi rowlio'i sach gysgu'n rholyn tyn yn barod ac wedi'i chlymu efo llinyn er mwyn ei gwneud yn barsel rhwydd. Agorodd ddrws y cwpwrdd bwyd a dewisodd ddau dun cawl o gefn y cwpwrdd. Rhoddodd nhw yn ei boced cyn sleifio wedyn am ddrws y cefn.

Cyrhaeddodd y buarth tua un o'r gloch y bore. 'Wyt ti yna?' galwodd yn ddistaw. Symudodd cysgod tywyll oddi wrth wal y sied.

'Ydw,' daeth ateb isel.

Llithrodd Meilyr yn ddistaw tuag ato.

'Dw i wedi dŵad â dau dun o gawl iti. Fedrwn i ddim cymryd dim arall, ddim a Mam a Dad yn cario popeth i'w cuddfan nhw.'

'Dau dun cawl ddois inna hefyd,' meddai Hywyn. 'Ond mae'n rhaid imi gael rhagor o fwyd na hyn.' Fe'i stopiodd ei hun yn sydyn.

'Wn i. Mi awn ni at y fynedfa a chymryd rhywbeth o'r bocsys nwyddau sydd yno. Dydi hynny ddim yn ddwyn. Mi faswn i'n ei fwyta fo yn y Ddinas, yn baswn?'

'Ew ... dwn 'im,' meddai Meilyr. 'Mae'n rhy beryg. Mae milwyr yn gwylio. Ac mae'r dynion yn gweithio ddydd a nos.'

‘Oes ofn arnat ti?’ holodd Hywyn.

‘Nac oes, siŵr,’ ffromodd Meilyr. ‘Ond dw i ddim isio cael fy nal. A ddim isio tynnu’u sylw nhw at ein tŷ ni chwaith. Mae Dad wedi siarsio.’

‘Mi a’ i fy hun, ’ta,’ meddai Hywyn.

Ond doedd Meilyr ddim yn fodlon ar hynny chwaith. Roedd o wedi gaddo helpu Hywyn, ac roedd o’n benderfynol o wneud hynny, er bod ei galon yn ei wddf.

Gadawodd Hywyn ei sach gysgu’n fwndel dirgel wrth y gwrych a dyma’r ddau’n cychwyn yn araf ofalus gan gadw yn y cysgodion nes roedden nhw’n nes at y fynedfa.

‘Yli,’ sibrydodd Hywyn. ‘Does neb wrth y bocsys ’na ar y dde. Ac mae hi’n reit dywyll yn eu hymyl nhw. Os medrwn ni symud yn gylch y tu ôl i’r goleuadau, mi fedrwn ni eu cyrraedd nhw.’

Disgynnodd y ddau ar eu boliau a chrafangu ymlaen fel dau gysgod. Roedd lampau cryfion yn goleuo’r fynedfa, ac yn eu golau roedd criwiau o ddynion yn gweithio’n ddi-baid. Roedden nhw’n llwytho tryciau bychain efo nwyddau ac yn eu cludo i lawr y twnnel a oedd yn mynd at grombil y mynydd. Ac yma ac acw, ar y ffin rhwng y golau a’r tywyllwch, roedd milwyr yn cerdded yn ôl ac ymlaen yn wyliadwrus.

‘Gwylia rhag ofn iddyn nhw ein gweld ni,’ sibrydodd Meilyr o dan ei wynt. ‘Mi fyddai ar ben arnon ni wedyn.’

Llusgodd y ddau eu hunain ymlaen gan aros bob yn hyn a hyn i gael eu gwynt atyn nhw ac i weld a oedd rhai o’r milwyr yn nesáu. O’r diwedd cyrhaeddon nhw’r nwyddau a oedd ar ymyl y tywyllwch. Codon nhw ar eu penliniau'n wyliadwrus.

'Does neb yn ymyl,' sibrydodd Hywyn. 'Dyma'n cyfle ni.'

Twriodd y ddau yn y bocsys agosaf a thynnu nifer o duniau allan.

'Sgen ti fag i'w cludo nhw?' holodd Meilyr.

'Dw i wedi anghofio dŵad ag un,' sibrydodd Hywyn.

'Wel ... y lembo,' meddai Meilyr yn flin. 'Fedrwn ni ddim mynd â digon ohonyn nhw rŵan.'

'Ssssh!' sibrydodd Hywyn yn sydyn. 'Mae 'na rywun yn symud y tu ôl i ni.'

Rhewodd y ddau yn eu hunfan. Oedd rhai o'r milwyr wedi cael cip arnyn nhw? Oedden nhw'n crafangu'n ddistaw tuag atyn nhw gan feddwl bod lladron go iawn yno? Swatiodd y ddau'n nerfus. Yna cyffyrddodd rhywbeth oer â gwegil Hywyn a bu bron iddo a neidio o'i groen. Dryll?

Yna disgynnodd yn swp ar y llawr a chwerthin distaw yn byrlymu o'i mewn. Dim ond Sam oedd yna!

'Pam na faset ti'n ei gadw fo adra?' holodd Meilyr yn wyllt. 'Ffŵl!'

Ond doedd ganddyn nhw ddim amser i ddadlau. Roedd yn rhaid iddyn nhw gychwyn am yr hen eglwys ... a chyrraedd yn ôl yn ddiogel wedyn i'w gwelyau erbyn y bore.

'Ty'd, Sam,' gorchmynnodd Hywyn yn ddistaw. 'I lawr, Sam,' gorchmynnodd wedyn gan bwyso'i law yn drwm ar ei goler.

Dechreuodd y bechgyn eu llusgo eu hunain heibio ymylon y cylch golau, a llond eu hafflau o duniau. 'Daria ti am anghofio bag,' meddai Meilyr gan dynhau ei afael yn y tuniau a cheisio'i lusgo'i hun ymlaen ar yr un pryd.

Yn sydyn llithrodd tun o'i afael a rowlio'n swnllyd oddi wrtho.

Daeth gwaedd uchel a llais milwr, 'Arhoswch, pwy bynnag sy 'na! Dowch allan ar unwaith a'ch dwylo i fyny.'

Symudodd pelydr lamp anferth yn ôl ac ymlaen rhwng y bocsys.

'Cadw dy ben i lawr,' hisiodd Hywyn gan ei wneud ei hun yn fach fach y tu ôl i'r nwyddau. Yna cafodd syniad ardderchog.

'Adra, Sam. Dos adra,' gorchmynnodd mewn llais isel awdurdodol. 'Adra, Sam.'

Roedd Sam yn adnabod y tinc yn y llais ac fe wyddai fod yn rhaid iddo ufuddhau. Cododd ar ei draed a chychwyn linc-di-lonc, heb gymryd sylw o'r goleuadau na'r milwyr a safai mor wyliadwrus yn llygadu'r tywyllwch.

'Ci sy 'na,' chwarddodd un. 'Does dim angen chwilio rhagor. Fo oedd achos y sŵn.' Diffoddwyd y lamp ac aeth y milwyr ar eu taith warchod unwaith eto.

'Whiw!' meddai Meilyr o dan ei wynt.

Gwrandawodd y ddau am funudau hir cyn iddyn nhw fentro sleifio i gyfeiriad y buarth. Ond wedi cyrraedd yno, fuon nhw fawr o dro yn gafael yn y sach gysgu cyn gwthio trwy'r gwrych a phrysuro am y goedwig.

'Mi ddylen ni fod wedi dŵad â fflachlamp,' cwynodd Meilyr yn flin, gan faglu am y trydydd tro wrth geisio dilyn y llwybr igam-ogam am yr hen eglwys.

Ond o'r diwedd fe gyrhaeddon nhw'r goeden a oedd ar lawr gan wasgu heibio'i gwreiddiau a chyrraedd y seler.

Ymbalfalodd y ddau i lawr i'r tywyllwch dudew.

'Mae hi'n sych yma beth bynnag,' meddai Meilyr. Daliodd ei wynt wrth glywed ei lais yn atseinio'n fwganaidd rhwng y waliau, a gwrandawodd am unrhyw sŵn a awgrymai fod rhywbeth arall heblaw nhw'u dau yn stelcian yn y tywyllwch. Ond doedd dim smic.

Gollyngodd y tuniau yn bentwr swnllyd ar y llawr cerrig. 'Ty'd yn dy flaen,' meddai wedyn, gan droi'n ddiolchgar am y grisiau. 'Neu fyddwn ni ddim adra cyn iddi hi wawrio.'

Erbyn y bore roedd y ddau yn eu gwelyau ac yn gorwedd yn swrth fel pe bai dim byd wedi digwydd.

Ond roedd nosweithiau o gario a pharatoi o'u blaen eto, cyn y byddai'r seler yn guddfan addas i Hywyn a Sam.

Y noson cyn y mudo mawr oedd hi. Gorweddai Hywyn yn ei wely, ond roedd yn methu cysgu. Roedd o'n poeni gormod am sut roedd o a Sam yn mynd i sleifio i'r guddfan heb i neb eu gweld. Ac roedd o bron â chrio wrth feddwl am ei dad a'i fam.

Beth fydden nhw'n ei wneud ar ôl iddyn nhw ddarganfod ei fod o ar goll bore fory? Bydden nhw'n chwilio amdano ym mhobman. Efallai y byddai ei fam yn crio ac yn gwrthod mudo i'r Ddinas? Symudodd yn anniddig wrth gofio am baratoadau ei rieni. Mi fyddai yntau'n difetha popeth iddyn nhw wrth guddio. Cofiodd ei fam yn dod i'w lofft y noson honno.

'Mae hi'n ddiwrnod mawr fory, Hywyn,' meddai gan eistedd ar ymyl ei wely a rhoi ei llaw ar ei ben yn gariadus. 'Ond bydd pethau'n well lawr yn y Ddinas, mi gei di weld. Mae hi'n olau fel y dydd yno, ac mae gan bob teulu eu stafelloedd eu hunain. Ac mae 'na ysgolion ac ysbytai, sinemâu a neuaddau mawr i chwarae sboncen, tennis a phêl-droed yno hefyd. A meddylia mor braf fydd anghofio am dywydd peryglus yr wyneb 'ma.'

Ond ddywedodd o, Hywyn, yr un gair. Beth oedd iws iddi ddarlunio bywyd tan ddaear fel petai o'n nefoedd?

Fyddai nunlle'n nefoedd heb Sam.

Ond wnaeth o ddim cilio'n ôl fel y byddai'n arfer gwneud pan blygodd ei fam i roi cusan iddo. Yn lle hynny rhoddodd ei freichiau am ei gwddf a'i gwasgu'n dynn. Ac er ei waethaf, llithrodd deigryn araf i lawr ei wyneb.

'Mi fydd Sam yn iawn,' cysurodd ei fam ef, gan feddwl mai ffarwelio â Sam oedd achos y dagrau. 'Bydd o wrth ei fodd yn rhedeg yn rhydd heb neb i weiddi arno.'

Roedd Hywyn wedi gorwedd â'i lygaid ar agor, gan syllu i'r tywyllwch am funudau hir ar ôl iddi fynd. Mor hawdd fyddai anghofio'i gynlluniau ei hun a mynd efo nhw i'r Ddinas fory. Ond fedrai o ddim gadael Sam. Fedrai ... o ... ddim.

Ar ôl i bobman dawelu, cododd yn ddistaw. Gwisgodd ei jîns a'i grys chwys, ac estynnodd ei siaced rhag ofn y byddai'r seler yn oer yn y nos. Cychwynnodd i lawr y grisiau gan ofalu peidio â rhoi'i droed ar y stepan wichlyd tua'r gwaelod.

'Sam! Ty'd, was,' sibrydodd gan agor y drws.

Camodd i'r ardd a throi i gau'r drws yn ddistaw ar ei ôl.

Edrychodd i fyny at ffenest llofft ei rieni. Oedden nhw'n cysgu'n sownd ac yn breuddwydio am eu bywyd newydd? Teimlai'n ddigalon wrth feddwl na fyddai'n eu gweld nhw byth eto. Ond, wrth gwrs, doedd ganddo ddim dewis. Fedrai o ddim gadael Sam, yn na fedrai?

'Sori, Mam. Sori, Dad,' ffarweliodd yn ddistaw, gan edrych i fyny at y ffenest am y tro olaf cyn troi am y goedwig.

Roedd goleuadau'r fynedfa yn llachar yn y pellter a sŵn y tryciau olaf i'w clywed yn mynd a dod drwyddi. Gwyliodd nhw am ychydig cyn troi a chychwyn ar yr un siwrnai ag a gerddodd Meilyr ac yntau y noson o'r blaen.

'Fory,' sibrydodd. 'Fory, mi fydd pawb wedi mynd.'

Llithrodd yn ofalus drwy'r tywyllwch. Gwyddai fod y milwyr yn brysur yn paratoi at y bore. Roedd yn bwysig iddo gymryd gofal rhag ofn iddo gael ei ddal. Symudodd ymlaen yn ddistaw, ddistaw gan chwilio'r tywyllwch yn wyliadwrus.

Cyrhaeddodd y buarth ac arhosodd i edrych tuag at gartre Meilyr. Beth oedd o'n 'i wneud rŵan, tybed? Oedd o ar y ffordd i'w cuddfan gyda'i rieni? Fe roddai'r byd am gael gweld Meilyr unwaith eto. Ymladdodd yn erbyn yr ysfa i frysio at y drws a churo arno'n ysgafn ... dim ond i gael un gair efo Meilyr. Ond fe wyddai nad oedd wiw iddo.

Trodd. Llithrodd drwy'r gwrych gan alw'n isel ar Sam i'w ddilyn. Cychwynnodd yn llechwraidd am y goedwig gan fodio'r fflachlamp oedd yn ei boced. Ond gwyddai na fyddai'n medru ei defnyddio o gwbl heno. Ddim tra oedd y milwyr yn crwydro o amgylch mor wyliadwrus.

Cyrhaeddodd yr hen eglwys o'r diwedd a dringodd yn ddiolchgar i'r seler. Roedd popeth yn barod yno.

Ei sach gysgu wedi'i gosod yn y gornel a bocs pren wrth ei hochr i ddal ei gyllell boced, y teclyn agor tuniau a'i fflachlamp.

Gorweddai pentwr destlus o duniau wrth un wal.

Roedd digon o fwyd iddo am fis o leiaf. Ond fedrai o ddim peidio â gwenu'n gam wrth gofio fel y cymerodd Meilyr ac yntau'r tuniau o'r pentwr ger y fynedfa. Dyna biti ... doedden nhw ddim yn gwybod mai pwdin reis oedd yn y rhan fwyaf ohonyn nhw!

Aeth diwrnod ar ôl diwrnod heibio yn araf, araf. Dyna annifyr oedd treulio pob un ar ei ben ei hun heb neb ond Sam i siarad efo fo. Ond doedd o ddim yn difaru cuddio efo Sam, er bod ganddo hiraeth ofnadwy am ei rieni. Digon o hiraeth i grio weithiau.

Ond byddai popeth yn iawn ar ôl i'r mis ddod i ben, ac yntau'n cael gadael y seler am byth a mynd i fyw at deulu Meilyr. Cododd o'r sach gysgu a gafaelodd yn y darn hir o bren roedd yn ei gadw yn y gongl. Roedd o wedi naddu rhes o holltau bychain ynddo, un am bob diwrnod y bu yn y seler. Cyfrodd nhw'n araf.

Tri deg! Dim ond diwrnod neu ddau eto, meddyliodd. Ond tybed oedd o wedi cofio naddu hollt am bob diwrnod? Efallai'i fod o wedi anghofio diwrnod ... neu wedi naddu dwy hollt yr un diwrnod? Doedd o ddim yn siŵr. Ond byddai Meilyr yn dod i'w nôl unrhyw ddiwrnod rŵan.

'Mi fyddwn ni'n iawn wedyn, Sam,' meddai'n ddiolchgar.

Efallai y byddai'n mynd allan am dro efo Sam rŵan. Jest i gael llymaid o ddŵr o'r ffynnon ac i weld sut ddiwrnod oedd hi. Byddai'n ofalus bob amser cyn dringo o'i guddfan, rhag ofn bod rhywun yn chwilio'r goedwig.

Ond doedd neb wedi bod yno ers talwm. Ddim ers y

dyddiau cyntaf un. Yr adeg honno, swatiodd â'i law dros geg Sam tra gwrandawai ar draed swnllyd y milwyr yn baglu ac yn ymladd trwy'r brwgaets o gwmpas yr hen bentre. Clywodd nhw'n siarad.

'Neb yn fan'ma,' galwodd un. 'Does 'nunlle i guddio yma.' Daliodd yntau'i wynt a rhybuddio Sam i fod yn ddistaw.

Clywodd dincian drylliau yn erbyn y meini, a gweiddi bloesg wrth i'r milwyr chwilio yma ac acw o gwmpas y pentre.

Clustfeiniodd, ond roedd dwndwr curiad ei galon fel drymiau yn ei glustiau. Yna swatiodd fwyfwy i'r cysgodion wrth i'r milwr ddod i ben y grisiau a syllu i lawr i dywyllwch y seler. Ond gwaeddodd rhywun arno, a throdd oddi yno heb chwilio rhagor. Ac ymhen ychydig aethon nhw i gyd oddi yno gan adael yr hen bentre'n ddistaw ac yn unig yng nghysgod y coed, a gadael Hywyn yn grynedig yn ei guddfan. Ond doedd o ddim wedi anghofio ymweliad y milwyr, ac fe ofalai wrando ac edrych yn iawn cyn mentro allan.

Dringodd yn araf i ben y grisiau gan orchymyn i Sam aros wrth ei gwt. Na, doedd dim smic i'w glywed. Dringodd allan yn araf i olau dydd. Mor braf oedd sefyll yno ac edrych ar frigau'r coed a'u dail crin yn llipa yn yr haul; mor braf oedd cael edrych ar feini cyfarwydd yr hen bentre a theimlo'u bod nhw'n gartre iddo bellach. Ond yn well na'r cyfan, braf oedd cael mynd ar ei gwrcwd wrth y ffynnon fechan a chwpanu'i ddwylo i yfed y diferion oer.

Mor felys oedd y dŵr ar ei dafod!

Trodd i gynnig llymaid i Sam. Ond roedd hwnnw'n sefyll yn llonydd a'i lygaid ar y llwybr igam-ogam a orweddai y tu cefn i'r goeden oedd ar lawr.

'Sam,' sibrydodd Hywyn yn ffyrnig a'i galon yn ei wddf.

Trodd a'i daflu ei hun i gyfeiriad y grisiau gan alw'n ffyrnig isel eto ar y ci. 'SAM!'

Pam roedd o'n sefyll fel 'na yn lle gwrando arno? Efallai mai milwyr oedd yna? Galwodd arno eto. Ond yn lle ufuddhau i'w feistr rhedodd Sam ymlaen a dechrau cyfarth yn falch. Atebodd llais ef.

Safodd Hywyn yn ei unfan. Tybed? Tybed ai llais Meilyr oedd o? Llamodd ei galon yn falch. 'Hei ... Hywyn. Ble wyt ti?' galwodd y llais.

'Meilyr! O ... chdi sy 'na,' gwaeddodd Hywyn.

Dechreuodd ddawnsio a chwifio'i freichiau'n falch.

'Taw, y ffŵl!' meddai Meilyr, gan wthio heibio i wreiddiau'r goeden.

Ond roedd yntau'n wên o glust i glust hefyd. Gafaelodd ym mraich Hywyn a hanner dawnsio gydag ef.

Dechreuodd y ddau siarad ar draws ei gilydd.

'Dw i mor falch o dy weld ti.'

'Wyt ti'n iawn?'

'Ydi pawb wedi mynd?'

'Ble mae dy rieni?'

'Ddaeth 'na rywun yma i chwilio?'

Yna safodd y ddau'n ddistaw gan edrych ac edrych ar ei gilydd.

'Wyt ti wedi bwyta'r bwyd yn y tuniau i gyd?' holodd Meilyr o'r diwedd. 'Oedd gen ti ddigon i'w fwyta?'

'Digon o bwdin reis!' meddai Hywyn. 'Dw i wedi syrffedu arno fo!'

Dechreuodd y ddau chwerthin a chwerthin. Ymunodd Sam yn yr hwyl gan gyfarth yn uchel.

Yn sydyn, tawelodd. Yna dechreuodd chwyrnu'n isel a syllu i gyfeiriad y brwgaets a'r drain o dan y coed. Tawelodd y bechgyn hefyd.

'Mae rhywun yna,' meddai Hywyn o dan ei wynt. 'Cuddia!'

Tynnodd ei ffrind i gysgod wal yr eglwys. Edrychodd y ddau i'r un cyfeiriad â Sam. Clywson nhw leisiau a sŵn traed yn gwthio'u ffordd trwy'r brwgaets. Daeth criw o filwyr i'r golwg. Roedden nhw'n anelu am yr hen bentre.

'Be nawn ni?' holodd Meilyr o dan ei wynt. 'A be am Mam a Dad? Maen nhw'n meddwl bod pawb o dan yr wyneb.'

'Dos di,' meddai Hywyn yn sydyn. 'Dos ar dy fol i'w rhybuddio nhw. Mi dynna i sylw'r milwyr.'

'Ond mi gei dy ddal.'

'Na chaf siŵr,' hisiodd Hywyn. 'Mi reda i a Sam. Dos!'

Rhoddodd hergwd sydyn i Meilyr. Yna plygodd i afael ynddo a sibrwd yn wyllt, 'Gofala am Sam!'

'Ond ...' cychwynnodd Meilyr.

'Os ca' i fy nal,' hisiodd Hywyn eto. 'Dos!'

Gwrandawodd ar siffrwd symudiadau Meilyr yn y brwgaets. Doedd o ddim digon pell eto ... ac mi roedd y milwyr yn cau'n gylch o gwmpas y pentre. Neidiodd ei galon. Doedd Meilyr ddim wedi dianc. Roedd o'n dal i fod y tu mewn i'r cylch, ac roedd y milwyr yn ei dynhau'n araf. Mi fydden nhw'n siŵr o'i ddal, os nad oedd o, Hywyn, yn medru eu denu oddi yno.

Doedd dim amser i ystyried. Rhyddid Meilyr oedd yn bwysig. Neidiodd Hywyn ar ei draed a dechrau rhedeg yn swnllyd yn groes i Meilyr.

'Hei!' galwodd rhai o'r milwyr. 'Dacw fo. Ar ei ôl o.' Agorwyd y cylch wrth i'r milwyr anelu'n fintai ar ôl Hywyn.

Roedden nhw bron â'i ddal. Rhedodd yn gyflymach a Sam yn dynn wrth ei sodlau.

Ond daeth pigyn i'w ochr. Pigyn a frathai'n greulon ar ei wynt. Baglodd.

Cododd eto a cheisio rhedeg ymlaen. Ond roedd yn methu. Roedd y pigyn yn brifo gormod. Disgynnodd i'r llawr a'r dagrau'n powlio i lawr ei wyneb.

Teimlodd ddwylo'r milwyr yn gafael amdano a'i godi ar ei draed.

'Dyna ddiwedd ar dy ryddid di, fachgen,' meddai un ohonyn nhw.

Gafaelodd ynddo a'i dynnu'n sypyn heglog ar hyd y llwybr. Roedd lorri ar gwr y goedwig. Cafodd Hywyn ei godi i mewn iddi a thaniwyd y peiriant. 'Sam!' galwodd Hywyn. 'Fedra i ddim gadael Sam!'

Ond ni chymerodd neb sylw ohono. Cychwynnodd y lorri a chyflymodd nes roedd y llwch yn codi'n gymylau o dan ei holwynion. Nesaodd at y fynedfa; arafodd wrthi. Codwyd Hywyn i un o'r tryciau bychain ac eisteddodd milwr wrth ei ochr.

Rholiodd y tryc ymlaen am geg dywyll y fynedfa. Trodd Hywyn yn wyllt i gael y cip olaf ar ei ryddid. Yna caeodd y waliau cerrig amdano. Yn fuan doedd goleuni'r haul yn ddim ond llygedyn bach ymhell, bell y tu ôl iddo. Diflannodd.

Gwibiodd y tryc ymlaen a sŵn ei beiriant yn atseinio'n fwganaidd yn erbyn y waliau. Yn awr doedd dim ond goleuadau trydan i oleuo'u ffordd. Roedd o yn y Ddinas. Am byth!

RHAN II - YN Y DDINAS

Roedd pawb yn eistedd yn ddistaw yn y dosbarth a llais yr athro a'i gwestiynau undonog yn dod trwy'r ffonau a oedd yn dynn dros eu clustiau. Doedd dim angen i neb ddweud gair, dim ond pwyso un o'r ddau fotwm ar y ddesg o'u blaenau. Botwm glas ... 'ia, ydyn'. Botwm melyn ... 'nac ydyn, nac oes'.Holodd y llais,

'Ydi'r Gwylwyr yn gofalu amdanon ni?' ... Plygodd pawb ymlaen i bwyso'r botwm glas ... 'Ydyn.'

'Ai'r Gwylwyr yw ein ffrindiau gorau?' ... Botwm glas ... 'Ia.'

'Ydi pawb yn derbyn rheolau'r Ddinas?' ... Botwm glas ... 'Ydyn.'

'Oes rhywun yn cuddio rhywbeth oddi wrth y Gwylwyr?' Botwm melyn ... 'Nac oes.'

'Ai'r Gwylwyr sydd yn gofalu am ein bwyd a'n diod ni?' ...

Botwm glas ... 'Ia.'

Ochneidiodd Hywyn 8. Roedd hi 'run fath yn yr ysgol bob dydd. Dim byd ond gwrando ar gwestiynau dwl a phwyso botwm nes roedd o wedi syrffedu'n lân. Mentrodd edrych o gwmpas y dosbarth. Oedd 'na rywun heblaw y fo yn teimlo mor ddiflas? Ond na ... roedd pob un â'i fys ar ei fotwm ac yn gwrando'n astud.

Yn sydyn fflachiodd golau coch ar y sgrin enfawr o'u blaenau. Tynnodd pawb eu clustffonau ar unwaith, a disgwyl.

Fflachiodd golau oren i'w gorchymyn i godi ar eu traed. Ufuddhaodd pawb yn ddistaw.

Yna fflachiodd golau gwyrdd i'w gollwng i gerdded yn llinellau trefnus am y cantîn. Cychwynnodd pawb am y drws yn ufudd. Roedd robotiaid yn gwylio pob symudiad.

Ufuddhaodd Hywyn 8 gyda nhw. Ond er iddo ymddangos yn dawel ac yn ufudd fel pawb arall, roedd ei feddwl yn effro. Yn union fel yr oedd meddyliau'i fam a'i dad a'i daid hefyd.

Ond fiw i'r Gwylwyr ganfod hynny.

Gwthiodd Hywyn 8 ymlaen yn erbyn y dyrfa fawr yn y coridor. Roedd pobl ym mhobman. Miloedd ar filoedd ohonyn nhw'n llenwi pob twll a chornel o'r Ddinas. A phob un yn brysio yma ac acw ar orchymyn y Gwylwyr. Roedd y cyffur ufudd-dod yn gofalu am hynny.

Canodd cloch yn sydyn ac uchel yn y coridor y tu ôl

iddo. 'Symudwch i'r Gwyliwr! Symudwch i'r Gwyliwr!' taranodd llais.

Arafodd prysurdeb y dorf ar unwaith, ac aeth pawb i'r ochr yn frysiog. Plygodd pob un ei ben a disgwyl yn ddistaw. Yn fuan daeth cert fach drydan ar hyd y coridor. Edrychodd Hywyn 8 arni trwy gil ei lygaid. Roedd Gwyliwr boliog ynddi.

Diflannodd y gert yn y pellter a phrysurodd pawb ymlaen unwaith eto. Cyrhaeddodd Hywyn 8 y cantîn ac ymunodd â'r ciw hir wrth y wal, yn disgwyl am eu bwyd.

'Wyt ti am ddŵad i chwarae'r peiriannau hap ar ôl cinio?' holodd Gwyn 7. 'Mi enillais i ddau docyn pêl-droed ddoe. Os ca' i drio eto, mi fydd gen i ddigon i ymuno a'r gêm nesaf ar Lefel 10.'

Ysgydwodd Hywyn 8 ei ben. 'Ddim heddiw,' meddai.

'Be wnei di, 'ta?' holodd Gwyn 7 yn flin. 'Dwyt ti ddim isio gneud dim byd yn ddiweddar.'

Fe deimlodd Hywyn 8 yn annifyr am eiliad. Roedd Gwyn 7 yn ffrind iddo. Ond doedd o ddim am dreulio oriau hir yn chwarae'r peiriannau hap, ddim ar ôl i'w daid ddangos y llyfrau cudd iddo a'i ddysgu i'w darllen hefyd!

'Wedi gaddo mynd adra,' meddai gan estyn ei law am y platiaid cinio a estynnai'r robot iddo. 'Mi ddo' i fory i drio ennill tocynnau ffrwyth,' addawodd. 'Efalla y medra i ennill afal, neu oren.'

Teimlodd y poer yn llifo i'w geg wrth eu henwi. Mi roddai unrhyw beth am gael ffrwyth i'w fwyta bob dydd ... un o'r rheiny a dyfai yng ngerddi arbennig y Ddinas.

Ond roedd yn rhaid ennill ugain o docynnau ar gyfer un ffrwyth, a doedd fawr o obaith i neb wneud hynny.

'Twt,' meddai Gwyn 7. 'Mae ffrwythau i'w cael ar ddiwrnod 'Moliant y Ddinas' bob wythnos. Mae'n well gen i drio am docynnau pêl-droed. Waeth iti ddŵad efo fi ddim.'

Symudodd Hywyn 8 i eistedd wrth un o'r byrddau cyn ateb. Doedd o ddim eisiau ffraeo efo Gwyn 7, ond roedd o eisiau mynd yn ôl i'w gartre yn fwy na dim. Fe wyddai fod ei daid yn ei ddisgwyl gyda'r llyfrau. Teimlodd y cynnwrf yn saethu trwyddo. Roedd o'n licio darllen.

Ond roedd o'n gwybod doedd fiw iddo sôn am hynny. Doedd neb yn cael darllen. Doedd neb yn cael perchen llyfr ... na sgrifennu gair. Ac roedd o, Hywyn 8, wedi torri'r tair rheol!

'Pnawn fory,' meddai wrth Gwyn 7. 'Dw i 'di gaddo heddiw.'

Ar ôl gorffen ei ginio, prysurodd allan i'r coridor. Yna arafodd. Doedd neb call yn cerdded yn gynt na'r dorf rhag ofn iddo dynnu sylw ato fo'i hun. Symudodd ymlaen gan ofalu cadw i'r un cyflymdra â'r dorf, er ei fod o'n teimlo fel rhedeg a rhedeg er mwyn cyrraedd ei gartre a'i daid a'r llyfrau.

O'r diwedd cyrhaeddodd y coridor cul a arweiniai at y drws.

Roedd yn hanner tywyll yno am fod rhai o'r bylbiau wedi ffiwsio ers talwm, a doedd neb wedi rhoi rhai newydd yn eu lle. Felly roedd hi mewn llawer man yn y

Ddinas. Doedd neb i ofalu a oedd pethau'n gweithio'n iawn ai peidio.

Ond roedd Hywyn 8 yn falch o'r hanner tywyllwch. Fe allai redeg heb i neb ei weld. Dechreuodd gyfri'n ddistaw wrth redeg. Ar ôl cyrraedd dau ddeg, roedd yn gwybod ei fod gyferbyn â drws ei gartre. Canodd y gloch mewn patrwm arbennig. Hir ... byr ... byr ... hir. Felly y gwyddai ei daid mai y fo oedd yno.

Roedd ei daid yn eistedd ar y soffa pan aeth i mewn.

Gwenodd wrth weld wyneb Hywyn 8. 'Rhedeg wnest ti?' holodd.

Yna ysgydwodd ei ben yn arwyddocaol. Cododd a rhoi'i glust yn erbyn y drws. Gwrandawodd am eiliadau hir. Yna trodd ac amneidio ar Hywyn 8 i'w ddilyn i'w ystafell wely.

'Mae'n fwy diogel yma,' meddai mewn llais isel. 'Wyddost ti ddim pwy sy'n gwrando.'

Roedd Hywyn 8 wedi hen arfer efo pryderon ei daid ... a rhai ei rieni hefyd. Fe fydden nhw'n cael cosb drom petai'r Gwylwyr yn gwybod am y llyfrau. Fe fydden nhw'n cael eu gorfodi i fynd i'r lefel isaf un, lle'r oedd y peiriannau mawrion a oedd yn rhedeg y Ddinas. A doedd neb yn byw'n hir yn y fan honno. Roedd hi'n rhy boeth. A fyddai neb byth yn dod oddi yno chwaith. Eisteddodd wrth ochr ei daid ar y gwely.

'Gawn ni ddarllen yr enseiclopidia, Taid?' meddai. 'Newch chi ddeud stori yr Hywyn cyntaf un wrtha i eto hefyd?'

Gwenodd ei daid wrth iddo redeg ei fysedd yn ysgafn hyd glawr y llyfr. 'Ers talwm,' dechreuodd, 'pan oedd pobl yn byw ar yr wyneb ...'

Sut le oedd ar yr wyneb, meddyliodd Hywyn 8. Beth oedd gwynt a glaw a haul? A chaeau a choed ac anifeiliaid hefyd? Roedd yn methu dyfalu, er ei fod wedi edrych ac edrych ar y lluniau lliw yn yr enseiclopidia nes roedd ei lygaid yn brifo.

Gwrandawodd ar ei daid yn sôn am fyd wedi'i ddifetha ... ac am aberth fawr Hywyn er mwyn achub ei ffrind. Ac am ei amharodrwydd i adael Sam, ei gi.

'A wyddost ti,' meddai'i daid, 'mae Meilyr ... nid yr un un, wrth gwrs, ... yn dal i ddisgwyl ar yr wyneb. Yn disgwyl i Hywyn arall ddŵad o'r Ddinas a byw efo fo ar yr wyneb unwaith eto.'

'Ydych chi'n siŵr, Taid?' meddai Hywyn 8, fel y gofynnodd lawer gwaith o'r blaen. 'Ydych chi'n siŵr?'

'Felly mae hanes y teulu'n ei ddeud,' meddai ei daid. 'Fy nhaid ddwedodd yr hanes wrtha i, fel dw inna'n 'i ddeud wrthyt tithau.'

'Ond ydi o'n wir?' holodd Hywyn 8 eto.

Ysgwyd ei ben wnaeth ei daid a gafael yn y llyfrau. 'Mae'r rhain yn wir, yn tydyn?' meddai. 'Ond pwy ŵyr am y stori?'

'Dw i'n ei chredu hi,' meddai Hywyn 8. 'A rhyw ddiwrnod, dw i am fynd i fyny i'r wyneb i weld popeth drosof fy hun.'

Diwrnod 'Moliant y Ddinas' oedd hi. Yr unig ddiwrnod o bob wythnos pan fyddai pawb yn gwisgo eu dillad gorau ac yn anghofio am waith ac ysgol. Y diwrnod pan fyddai seremoni moli'r Ddinas yn cael ei chynnal, ac yna gwledd arbennig i'r holl drigolion.

Ond cyn y wledd, roedd rhaid mynd i'r neuaddau mawr ac ymuno yn y seremonïau. Estynnodd Hywyn 8 ei siwt frown o'r cwpwrdd dillad. Roedd ei fam a'i dad yn gwisgo siwtiau brown hefyd. Dim ond y Gwylwyr oedd yn cael gwisgo dillad lliwgar. Cofiodd Hywyn 8 am y lluniau yn yr enseiclopidia.

Roedd pobl yn gwisgo pob math o ddillad ynddo. Dillad efo enwau dieithr fel treinyrs, crysau chwys a jîns. Teimlodd ddefnydd cras ei drowsus a cheisiodd ddychmygu mai jîns oedd ganddo am ei goesau. Ond doedd o ddim yn gallu.

'Mae'n amser cychwyn,' meddai'i fam. 'Dydyn ni ddim isio bod yn hwyr. A chofia di, Hywyn 8, mi fydd llygaid y Gwylwyr yn graff iawn heddiw. Bydd di'n ofalus yn ystod y seremoni yfed. Ydi'r hances yn dy lawes di?'

Nodiodd Hywyn 8. Roedd o'n gwybod pa mor bwysig oedd gwrando ar eiriau ei fam. A pha mor bwysig oedd twyllo yn ystod y seremoni yfed hefyd.

Caeodd ei dad ddrws y cartre a chychwynnodd y teulu'n ddistaw ar hyd y coridor hanner tywyll.

Agorodd rhagor o ddrysau gerllaw ac ymunodd teuluoedd eraill â nhw i gerdded yn rhibidirês distaw tua phrysurdeb y coridor mawr. Ddywedodd neb 'run gair.

Agorodd Hywyn 8 ei geg i sibrwd wrth ei dad. Yna caeodd hi'n frysiog wrth weld robot yn sefyll i'w gwylio yn y cysgodion. Edrychai'n fawr a bygythiol ... yn fwy bygythiol nag arfer oherwydd ei fod yn sefyll mor llonydd a'r golau egwan yn sgleinio mor oeraidd ar fetel ei sgwyddau llydan. Roedd o yno i ofalu bod pawb yn mynd i'r seremoni yfed.

Teimlodd Hywyn 8 fysedd ei fam ar ei fraich. Ond doedd dim angen iddi ei rybuddio. Roedd o'n gwybod mai ffŵl fyddai'n syllu gormod ar robot. Byddai hynny'n dangos bod meddwl effro ganddo. A doedd y Gwylwyr ddim yn hoffi i neb fod â meddwl effro. Dyna pam roedden nhw'n rhoi'r cyffur ufudd-dod i bawb yn ystod y seremoni bob wythnos.

Yn fuan, roedden nhw'n ymuno â'r dorf a oedd yn symud yn araf tua'r neuadd. Roedd pawb yn gwisgo siacedi brown a'u botymu'n cau'n glòs at y gwddf, a throwsusau brown gyda lastig yn cau'n dynn am eu fferau. Ddywedodd neb 'run gair. Dyna'r rheol cyn seremoni 'Moliant y Ddinas'.

Roedd y neuadd fawr yn orlawn. Safai pedair cadair uchel a chlustogau lliwgar arnyn nhw ar y llwyfan. Roedd y Gwylwyr yn eistedd ar y rhain yn ystod y seremoni. Ond fe fyddai'n rhaid i bawb arall sefyll trwy oriau hir y moliant.

Disgwyliodd pawb yn ddistaw wrth i'r munudau ymestyn yn hir, hir. Dechreuodd coesau Hywyn 8 frifo wrth iddo sefyll am gymaint o amser yn ei unfan. Symudodd yn anniddig. Teimlodd fysedd ei fam yn gwasgu, gwasgu ar ei fraich, bysedd a oedd yn ei rybuddio i fod yn llonydd ac i gofio bod llygaid y Gwylwyr ym mhobman.

Yna daeth atsain isel certi trydan rywle ym mhellter y coridor. Cynyddodd y sŵn wrth iddyn nhw gyrraedd drws y neuadd a chanodd cloch yn uchel ac yn swnllyd.

'Moesymgrymwch o flaen y Gwylwyr ar ddiwrnod y Moliant,' taranodd llais.

Plygodd pawb eu pennau wrth i bedwar Gwyliwr gerdded yn araf urddasol am y llwyfan.

Mentrodd Hywyn 8 godi ei ben ychydig a syllu arnyn nhw. Roedden nhw'n gwisgo crysau llac gwyn at y ben-glin a chadwyn aur am eu gyddfau. Roedd ganddyn nhw drowsusau gwyn a sandalau aur am eu traed, a gwregys llydan am eu canol. Roedd triongl glas yn cuddio'u gwallt.

Edrychodd Hywyn 8 ar ei wisg frown ddiflas ei hun. Biti na fyddai pawb yn cael gwisgo dillad lliwgar, meddyliodd. Ond dyna oedd rheol y Ddinas. Dim ond y Gwylwyr oedd yn cael gwisgo dillad hardd.

Gwyliodd Hywyn 8 y pedwar yn dringo i'r llwyfan.

Roedd pelen aur yn llaw pob un, a chyn eistedd chwifiodd y Gwylwyr nhw i wneud patrymau cyfrin i gyfeiriad y gynulleidfa.

'Moliant i'r Ddinas. Y hi a roes gysgod inni,' medden nhw mewn lleisiau uchel. 'Moliant i'r Ddinas.'

'Moliant i'r Ddinas,' atebodd y gynulleidfa'n ufudd.

Yn sydyn, teimlodd Hywyn 8 ryw gynnwrf yn llifo drwyddo.

Doedd o erioed wedi gwrando llawer ar eiriau'r Gwylwyr o'r blaen. Ond sôn am gysgod wnaethon nhw. Tybed a oedden nhw'n sôn am ddianc i'r Ddinas, rhag peryglon yr wyneb, yn ôl yng nghyfnod yr Hywyn cyntaf hwnnw?

'Ma ...' cychwynnodd yn gynhyrfus.

Yna caeodd ei geg yn glep wrth iddo deimlo bysedd ei fam yn drwm ar ei fraich unwaith eto. Roedd yn ei rybuddio i'w fyhafio'i hun.

'Molwn y Ddinas ... yr hon a roes fwyd a diod inni,' meddai'r Gwylwyr. 'Molwn y Ddinas,' atebodd y gynulleidfa.

Atebodd Hywyn 8 gyda nhw, ond roedd y cynnwrf yn berwi y tu mewn iddo. Sut oedd pawb yn methu gweld ystyr y geiriau? Yna cofiodd am y cyffur ufudd-dod. Roedd hwnnw'n llonyddu meddyliau, meddai'i dad, ac yn gwneud pawb yn ufudd i'r Gwylwyr bob amser.

'Cyfarchwn y Ddinas. Yfwn i'w moli,' meddai'r Gwylwyr. Agorodd drysau ar y dde a daeth rhes o robotiaid i mewn.

Roedd pob un yn cludo hambwrdd yn llwythog o wydrau bychain a'r rheiny'n llawn o ddiod euraid. Tynhaodd bysedd ei fam ar fraich Hywyn 8 unwaith eto. Y cyffur ufudd-dod oedd yn y gwydrau roedd y robotiaid yn eu cario. Roedd yn rhaid i bawb ei yfed yma yn y neuadd.

'Cyfarchwn y Ddinas! Yfwn i'w moli,' meddai'r Gwylwyr.

Symudodd y robotiaid o res i res gan gynnig y gwydrau llawn. Estynnai pawb yn ufudd i afael ynddyn nhw, ac yna'u dal yn barod nes i'r Gwylwyr orchymyn iddyn nhw yfed.

Gafaelodd Hywyn 8 yn ei wydr yntau a'i galon yn curo. Fe wyddai fod y foment bwysig yn dod ... pan fyddai'n rhaid iddo gymryd arno yfed y cyfan. Yn lle hynny byddai'n ei dywallt yn gudd i'w lawes ... fel y byddai ei fam a'i dad a'i daid yn ei wneud hefyd.

Roedd ganddo hances yno'n barod i sugno'r diferion.

Disgynnodd tawelwch ar y neuadd. Yna cododd y Gwylwyr eu gwydrau hwythau a dweud, 'Yfwn. Yfwn er clod i'r Ddinas.' Ond doedd dim un o'r Gwylwyr yn yfed. Roedden nhw'n sefyll yno a'r gwydrau dynn wrth eu gwefusau, ond doedden nhw ddim yn yfed. Yn lle hynny roedden nhw'n gwylio'r gynulleidfa. Roedd y robotiaid yn gwylio hefyd.

Roedd calon Hywyn 8 yn curo. Beth petai'r Gwylwyr yn gweld ei fod yn twyllo? Llyncodd boer yn nerfus. Yna cododd y gwydr at ei wefusau a gydag un symudiad sydyn, tywalltodd y cyffur yn ddirgel i'w lawes yn union fel y dysgodd ei dad iddo'i wneud. Chwifiodd ei wydr gwag gyda phawb arall.

O'r diwedd daeth y seremoni i ben ac ymlaciodd pawb wrth feddwl am y wledd a oedd i'w dilyn.

Ond roedd yn rhaid iddyn nhw aros nes i'r Gwylwyr ymadael.

Canodd y gloch unwaith eto a phlygodd pawb eu pennau wrth i'r Gwylwyr orymdeithio'n urddasol am y drws.

Cododd Hywyn 8 ei ben ychydig i'w gwylio. Sylwodd ar y pedwerydd Gwyliwr. Geneth tua'r un oed â fo'i hun. Roedd hi'n edrych o gwmpas y neuadd fel pe bai popeth yn newydd sbon iddi. Efallai nad oedd hi wedi bod mewn seremoni o'r blaen, meddyliodd Hywyn 8. Efallai mai dysgu sut i fod yn Wyliwr go iawn oedd hi.

Edrychodd arni eto. Roedd cudyn o wallt du yn dianc o dan y triongl ar ei phen a gwelodd hi'n ei wthio'n ôl yn llechwraidd cyn troi i edrych ar y gynulleidfa unwaith eto. A'r tro yma fe edrychodd ei llygaid glas yn syth i'w wyneb yntau.

Suddodd calon Hywyn 8 i'w esgidiau. Roedd hi ar ben arno rŵan. Doedd neb i fod i syllu i wyneb Gwyliwr. Ddim lygad yn llygad. Ond roedd yn rhy hwyr. Roedd hi wedi'i weld.

Dechreuodd ei goesau grynu. Byddai'r robotiaid yn dod i'w nôl rŵan a'i hebrwng am y lefel isaf.

Petrusodd y Gwyliwr ac estynnodd ei llaw fel pe bai

am rybuddio'r Gwyliwr o'i blaen. Yna trodd i gerddded ymlaen heb wneud dim. Anadlodd Hywyn 8 yn araf. Roedd hi wedi'i weld ond doedd hi ddim wedi cwyno amdano. Ond roedd hi wedi sylwi arno, gwyddai hynny. Byddai'n rhaid iddo fod yn ofalus o hyn ymlaen.

Symudodd Hywyn 8 gyda phawb arall allan o'r dosbarth.

Roedd hi'n amser cinio unwaith eto, ond roedd o'n benderfynol o beidio â gwastraffu amser yn bwyta cinio 'ych a fi' yn y cantîn, na mynd efo Gwyn 7 i chwarae'r peiriannau hap wedyn chwaith. Roedd ganddo rywbeth gwell i'w wneud.

Roedd o am archwilio'r Ddinas. A hyd yn oed os byddai'n cymryd blwyddyn iddo chwilio, roedd o'n benderfynol o ddarganfod sut i ddianc ohoni ... i fyny i'r wyneb. Ond roedd dwsinau o lefelau iddo'u harchwilio a doedd o ddim yn gwybod lle i ddechrau.

'Hei, Hywyn 8,' meddai Gwyn 7 o'r tu ôl iddo. 'Bron imi dy golli di. Pa beiriannau gawn ni'u chwarae'r pnawn 'ma?'

'Daria,' meddai Hywyn 8 wrtho'i hun. Trodd i'w wynebu. ''Sgen i ddim isio chwarae dim un ohonyn nhw,' meddai. 'Nac isio cinio chwaith.'

'Ddim isio cinio?' Edrychodd Gwyn 7 yn syn arno.

Roedd Hywyn 8 ar fin ysgwyd ei ben pan sylwodd ar robot yn sefyll wrth y wal. Roedd ei ben wedi'i droi tuag atyn nhw, fel pe bai'n gwrando.

'O ... iawn, 'ta,' meddai o dan ei wynt.

Gafaelodd ym mraich Gwyn 7 a cherddodd gydag o am y cantîn. Gwelodd fod y robot wedi troi ei ben i wylio rhywun arall ac ochneidiodd yn falch.

'Ia ... ond be nawn ni chwarae?' holodd Gwyn 7.

'Beth am chwilio'r lefelau?' meddai Hywyn 8 yn gyfrwys.

'Does dim hwyl wrth neud peth felly,' meddai Gwyn 7. 'Dim byd i'w weld, yn nac oes?'

Ond roedd Hywyn 8 wedi penderfynu. A doedd o fawr o eisiau i Gwyn 7 ddod chwaith. Ei gyfrinach o fyddai hynny. Doedd o ddim wedi dweud wrth ei rieni na'i daid eto.

Bwytaodd ei ginio'n ddistaw heb wrando llawer ar gynlluniau'r criw o'i gwmpas. Doedden nhw'n sôn am ddim ond chwarae'r peiriannau hap. Ac roedd o, Hywyn 8, wedi syrffedu ar y rheiny. Ond roedd yn gwybod ei bod yn rhaid iddo fod yn ofalus wrth archwilio'r lefelau rhag ofn iddo ddenu sylw'r Gwylwyr.

'Wela i di,' meddai wrth Gwyn 7 wrth orffen ei ginio.

Ond chafodd o ddim ateb. Roedd Gwyn 7 wedi anghofio amdano ac yn anelu'n fodlon am stafell y peiriannau hap.

Llygadodd Hywyn 8 y coridor wrth iddo ddod allan o'r cantîn. Oedd 'na robot yno'n gwylio? Doedd 'run i'w weld. Ymlaciodd. Dywedodd ei dad wrtho fod rhai o'r robotiaid yn hen iawn a bod rhwd yn dechrau effeithio arnyn nhw. Ac efallai doedd pob un ddim yn gweithio'n iawn, meddai'i dad.

Ond pwy oedd yn gwybod? Roedd o wedi rhybuddio

Hywyn 8 i fod yn wyliadwrus, ac i beidio â byhafio'n wahanol pan oedd robot gerllaw.

Ymunodd Hywyn 8 â'r dorf a oedd yn cerdded yn brysur ar hyd y coridor. Edrychodd yn slei ar eu hwynebau. Ond doedd neb yn cymryd unrhyw sylw ohono, dim ond cerdded ymlaen a dringo'r grisiau symudol fel pe bai eu meddyliau ymhell bell.

Symudodd efo'r dorf nes iddo gyrraedd troed grisiau symudol. Roedd am ddringo i lefel uwch cyn dechrau archwilio, penderfynodd. I fyny yn rhywle roedd yr wyneb, meddai'i daid. Ond sawl lefel oedd yna? Doedd neb yn gwybod.

Camodd ar y grisiau symudol a safodd yno yng nghanol y dorf wrth iddyn nhw ddringo'n araf a gwichlyd i'r lefel nesaf.

'Mi a' i i fyny ac i fyny nes y bydda i wedi cyrraedd lefel hollol ddieithr,' penderfynodd. 'Yn fan'no y dechreua i chwilio.'

Aeth o ris i ris gan gadw yng nghanol y dorf heb weld dim ond ambell robot yn sefyll yn wyliadwrus yma ac acw.

'Does dim byd haws,' broliodd wrtho'i hun yn falch. 'Does neb yn cymryd dim sylw ohona i.'

Brysiodd ymlaen. Aeth i fyny ac i fyny, heb gymryd amser i edrych llawer o'i gwmpas. A heb yn wybod iddo'i hun, bron, fe rasiodd ymlaen yn gynt ac yn gynt. Camodd ar y grisiau symudol nesaf, wedi anghofio rhybudd ei dad yn llwyr.

Dim byd haws, meddyliodd eto. Dim byd haws. Gwasgodd drwy'r bobl a oedd yn sefyll yn ufudd ar y grisiau symudol. Doedd ganddo ddim amser i sefyll yno a disgwyl i'r grisiau ei gludo'n araf, araf ymlaen. Roedd o hanner y ffordd i fyny pan edrychodd tua'r top.

Yn sydyn, dechreuodd ei galon guro'n gyflym iawn gan ofn. Safai dau robot yno. Tybed a oedden nhw'n disgwyl amdano? Dyna ffŵl fuodd o, yn rhedeg ac yn rasio o risiau i risiau!

Edrychodd o'i gwmpas yn wyllt. Mi fyddai ar ben arno petai'n cael ei ddal. Ac ar ei deulu hefyd. Trodd i edrych yn ôl. Efallai y byddai'n medru mentro'n ôl i'r gwaelod a dianc y ffordd honno.

Ceisiodd droi a gwthio yn erbyn y bobl a oedd yn teithio ar y grisiau symudol. Ond doedd o ddim yn gallu. Roedd gormod ohonyn nhw ac roedd pawb yn gwrthod symud o'i ffordd.

'Aros yn llonydd, wnei di,' meddai un mewn llais dwfn. 'Be wyt ti'n trio'i neud?'

'Yy ... y ...' meddai Hywyn 8 yn gloff. 'D-Dw i ar goll.'

Am eiliad fe feddyliodd am ofyn i'r dyn ei helpu. Ond fe wyddai doedd fiw iddo. Doedd neb am helpu rhywun i ddianc rhag y Gwylwyr.

Edrychodd Hywyn 8 i gyfeiriad y ddau robot eto. Roedden nhw'n syllu arno a'u llygaid yn filain gas. Roedd yn rhaid iddo drio dianc. Ceisiodd guddio y tu ôl i'r dyn. Efallai y byddai'n medru sleifio heibio i'r robotiaid wrth gadw y tu ôl iddo ... a dianc.

Gwnaeth ei hun yn fychan bach wrth i'r grisiau symudol ei gludo'n uwch ac yn uwch. Ond i ddim pwrpas.

Roedd llygaid y robotiaid yn dal arno wrth i'r ddau symud tuag ato a'u breichiau dur ar led. 'BACHGEN ... AROS!'

Safodd y ddau fel wal ar ben y grisiau symudol. Trodd y bobl i weld beth oedd achos yr helynt. 'Dyma fo,' meddai'r dyn gan geisio gafael yn Hywyn 8.

Ond doedd o ddim am aros i gael ei ddal. Llithrodd fel llysywen o'i afael, a'r munud nesaf roedd o wedi'i hyrddio ei hun rhwng coesau'r robot agosaf ac yn carlamu'n wyllt ar hyd y coridor.

'BACHGEN ... AROS!' rhuodd y gorchymyn eto.

Trodd y robotiaid i'w ddilyn. Doedd ganddo ddim amser i'w golli. Roedd yn rhaid iddo ddianc. Dianc i rywle o afael y ddau anghenfil dur a oedd yn taranu'n swnllyd ar ei ôl. Carlamodd ymlaen â'i lygaid yn gwibio o'r chwith i'r dde. Roedd ei anadl yn brathu'n boenus yn ei frest a'r chwys yn llifo i lawr ei asgwrn cefn wrth iddo sgrialu ymlaen.

Mentrodd Hywyn edrych yn ôl. Oedden nhw'n agosáu? Na, roedd o'n gyflymach na nhw. Ond roedd yn gwybod y bydden nhw'n dilyn a dilyn nes cael gafael arno.

Rhedodd ymlaen. Roedd coridor bach ar y dde, un gwahanol i'r gweddill. Coridor a'i waliau lliwgar yn ddeniadol hardd. Trodd iddo. Suddodd ei draed i garped dwfn wrth iddo redeg ymlaen. Ond doedd ganddo ddim amser i ddyfalu pam roedd popeth mor hardd a lliwgar.

Roedd yn rhaid iddo ddianc oddi wrth y robotiaid.

Gwelodd ddrws o'i flaen. Drws a darlun o belen euraid arno, yn union fel y belen honno roedd y Gwylwyr yn ei chwifio yn seremoni 'Moliant y Ddinas'. Ond doedd dim ots am hynny. Roedd y robotiaid yn dod yn nes at y coridor mawr. Roedd yn clywed taranu'u traed ar y llawr teils wrth iddo'i daflu ei hun yn erbyn y drws.

Yna petrusodd. Beth oedd y tu mewn? Rhai o'r Gwylwyr? Taflodd gipolwg y tu ôl iddo. Doedd ganddo ddim dewis. Agorodd y drws yn ddistaw a chamodd i mewn i dywyllwch y stafell. Caeodd y drws yr un mor ddistaw a throdd i edrych yn ofnus i'r tywyllwch. Oedd rhywun yna?

Dechreuodd ei goesau grynu pan glywodd glic bach o'r tywyllwch. Y munud nesaf daeth golau melyn llachar i oleuo'r stafell.

Roedd Gwyliwr ifanc yn sefyll wrth ddrws ym mhen draw'r stafell. Gwyliwr gyda llygaid glas a chudyn o wallt tywyll yn mynnu dianc o'r triongl roedd hi'n gwisgo am ei phen. Edrychodd y ddau ar ei gilydd heb ddweud gair.

Yna daeth lleisiau'r robotiaid o'r coridor a llaw drom yn troi dwrn y drws. Caeodd Hywyn 8 ei lygaid yn anobeithiol.

Roedd hi ar ben arno rŵan. Agorodd nhw eto i edrych yn ymbilgar ar y Gwyliwr.

Syllodd y ddau ar ei gilydd am eiliad. Yna lledaenodd gwên ddireidus dros wyneb y Gwyliwr ac amneidiodd ar Hywyn 8 i guddio y tu ôl i'r soffa a oedd wrth y wal.

A heb feddwl eilwaith fe'i taflodd yntau ei hun i'w chysgod a phlygu yn ei gwrcwd yn sypyn crynedig. Beth fyddai'r Gwyliwr yn ei wneud? Ei helpu ... neu ei fradychu?

Agorodd y drws a rhuthrodd y ddau robot i mewn. Safon nhw'n stond wrth weld y Gwyliwr. 'Bachgen ... rhedeg,' meddai un mewn llais dwfn. 'Yma, meistres?' holodd y llall.

'Does neb yma. Ewch yn ôl at eich gwaith,' gorchmynnodd y Gwyliwr.

Safodd y robotiaid yn betrusgar a'u llygaid gloyw yn syllu'n ddryslyd o gwmpas y stafell. 'Ond ...' rhygnodd un. 'Bachgen ... rhedeg ... yma.'

'Does neb yma. Ewch yn ôl at eich gwaith,' gorchmynnodd y Gwyliwr eto. Fflachiodd rhes o oleuadau'n swnllyd y tu ôl i lygaid un robot.

'Rhedeg ... bachgen ... gwaith ... bachgen ... rhedeg ... rhe ... rhe ... deg,' mwmiodd yn wyllt. Cychwynnodd am y drws ... yna trodd yn ôl eto.

Symudodd yn ôl ac ymlaen ... un waith ... dwywaith ... tair gwaith fel pe bai wedi drysu'n lân.

Rhygnodd ei lais yn arafach ac arafach. 'Rhe ... rhe ... bach ... ba-a-ach ...'

Daeth sgrechian isel rywle oddi mewn i'r robot a sŵn peiriant yn crafu'n wichlyd. Yna dechreuodd droi a throi a throi yn ei unfan ... yn gynt ac yn gynt nes o'r diwedd fe gwympodd yn sypyn i'r llawr. Llifodd olew du yn araf o'i gorff. Am ychydig fe wingodd ei draed a'i goesau fel pe bai'n trio codi. Yna rhoes ochenaid hir ddofn cyn llonyddu'n bentwr dur ar y carped.

Roedd y robot arall yn sefyll wrth y drws heb ddweud gair na chymryd sylw o'r gwymp. 'Dos yn ôl at dy waith,' gorchmynnodd y Gwyliwr eto, â'i llais yn codi.

'O'r gorau, meistres,' meddai'r robot.

A heb edrych ar y corff dur a orweddai mor llonydd ar y carped, trodd i ufuddhau. Aeth allan gan gau'r drws yn ddistaw ar ei ôl.

Disgynnodd tawelwch llethol ar y stafell. Cyrcydai Hywyn 8 y tu ôl i'r soffa a'i galon yn curo. Beth ddigwyddodd i'r robot? Ai gorwedd yno'n smalio roedd o? A beth roedd y Gwyliwr yn mynd i'w wneud rŵan? Roedd o'n siŵr mai ei bryfocio oedd hi. Ei achub ... ac yna cael hwyl am ei ben wrth alw ar y robotiaid wedyn. Roedd bron yn methu anadlu.

'Ty'd o'na,' gorchmynnodd y Gwyliwr.

Roedd Hywyn 8 yn gwybod ei bod yn rhaid iddo ufuddhau. Daeth allan o'i guddfan yn anniddig a sefyll yng nghanol y stafell.

Roedd arno ofn edrych arni.

'Pam oeddet ti'n dianc rhag y robotiaid?' holodd y Gwyliwr.

Ddywedodd Hywyn 8 'run gair, dim ond edrych ar gorff llonydd y robot yn nerfus. 'Rydw i wedi sylwi arnat ti o'r blaen. Yn y seremoni yfed,' meddai'r Gwyliwr eto. Llyncodd Hywyn 8 ei boer yn sydyn. Sut oedd hi'n cofio?

Gwasgodd ei wefusau'n dynn. Doedd o ddim am

ddweud gair. Chwarae gêm efo fo roedd hi. Roedd pob Gwyliwr 'run fath. Doedd dim ots ganddyn nhw am bobl.

Disgynnodd distawrwydd eto. Distawrwydd hir, hir. Yna trodd y Gwyliwr ei chefn arno. 'Dos, 'ta. Rydw i wedi dy achub di unwaith. Paid â disgwyl dim byd eto.'

Symudodd Hywyn 8 yn anniddig. Doedd o ddim wedi diolch iddi, na dim.

'Y ... y,' meddai gan symud yn araf am y drws. 'Diolch.' Roedd o ar dân eisiau agor y drws a rhedeg a rhedeg nes y byddai'n ddiogel yn ei gartre unwaith eto. Gafaelodd ofn ynddo. Roedd yn rhaid iddo ddianc oddi wrth y Gwyliwr. Pa ots mai gwenu arno ddaru hi? Trodd i rasio am y drws, ond y munud nesaf baglodd a disgyn yn glewt ar draws corff dur y robot. Neidiodd ar ei draed mewn dychryn.

Yna safodd yn syfrdan. Roedd y Gwyliwr yn chwerthin! Yn chwerthin nes bod y dagrau'n llifo i lawr ei hwyneb.

Safai Hywyn 8 a'i geg yn agored. Yna dechreuodd yntau wenu ... a gwenu ... a chwerthin hefyd. Yn fuan roedd y ddau'n chwerthin efo'i gilydd fel pe baen nhw'n ffrindiau erioed.

'O ... mi roeddet ti'n edrych yn wirion,' meddai'r Gwyliwr o'r diwedd. 'Yn ymladd efo robot ar y llawr.'

Sobrodd Hywyn 8.

'Beth sy wedi digwydd iddo fo?' holodd.

'Y robot? Wedi mynd yn hen, am wn i. Mae o'n digwydd o hyd.' Roedd tinc 'fawr o ots' yn ei llais. Roedd Hywyn 8 wedi'i synnu. Roedd yr hyn ddywedodd ei dad yn wir, felly.

'Be ydi dy enw di?' holodd y Gwyliwr.

'Hywyn 8.'

Feiddiai o ofyn beth oedd enw Gwyliwr? 'Hunydd ydw i,' meddai, cyn iddo fedru gofyn. Gwenodd hi arno. 'Dydw i 'rioed wedi siarad efo un o'r bobl o'r blaen,' meddai.

'Na finna efo Gwyliwr chwaith,' meddai Hywyn 8.

'Be oeddet ti'n 'i neud yn dianc, 'ta?' holodd Hunydd.

Rywsut roedd Hywyn 8 yn gwybod ei fod yn gallu ymddiried ynddi. Roedd ei llygaid mor garedig ac roedden nhw wedi chwerthin efo'i gilydd.

'Chwilio am y ffordd i'r wyneb,' meddai Hywyn 8.

Edrychodd Hunydd yn syn arno. 'I'r wyneb? Ffŵl! Does 'na ddim ffasiwn le.'

'Oes, mae 'na,' haerodd Hywyn 8 yn ffyrnig. 'Dw i'n gwbod bod 'na.'

'Sut?'

Ond doedd o ddim yn barod i ddatgelu cyfrinach y llyfrau. 'Jest gwbod,' meddai'n gyndyn.

'Dyna fo ... os dwyt ti ddim am ddeud,' meddai Hunydd yn bwdlyd. 'Mae'n well iti fynd.'

'Ia ... iawn,' meddai Hywyn 8. 'Diolch am fy achub i.'

Trodd am y drws gan ofalu peidio â baglu ar draws corff y robot y tro yma.

'Mae'r bobl i gyd yn ffyliaid,' gwaeddodd Hunydd ar ei ôl. 'Dim mwy o synnwyr na'r peiriannau hap. Lympiau llonydd heb ddim yn eu pennau nhw.'

Agorodd Hywyn 8 y drws heb ddweud gair a'i gau'n ddistaw ar ei ôl. Fe ddangosai iddi pwy oedd yn lwmp llonydd. Rywsut roedd o am ddarganfod y ffordd i'r wyneb. Ac wedyn mi geith hi weld faint oedd yn ei ben o, Hywyn 8.

Roedd ei rieni a'i daid yn disgwyl amdano pan gyrhaeddodd adre. 'Ble wyt ti wedi bod?' holodd ei fam yn bryderus.

'Yn chwilio'r lefelau,' meddai Hywyn 8. Edrychodd ei deulu ar ei gilydd.

'Welodd rhywun chdi?' holodd ei daid.

Agorodd Hywyn 8 ei geg i sôn am y robotiaid ac fel y bu i Hunydd ei achub. Ac yna caeodd hi eto. Fyddai ei rieni a'i daid ddim yn deall, yn na fydden? Roedd pob Gwyliwr 'run fath iddyn nhw. Ond roedd o'n siŵr fod Hunydd yn wahanol, er nad oedd o wedi ymddiried cyfrinach y llyfrau iddi hi.

'Naddo ... neb,' meddai.

'Wyt ti'n siŵr?' holodd ei fam yn nerfus.

'Siŵr,' atebodd Hywyn 8.

Roedd o'n casáu dweud celwydd. Ond os byddai'n sôn am Hunydd, mi fyddai'i rieni yn siŵr o'i wahardd rhag chwilio'r lefelau eto. A fyddai o byth yn darganfod y ffordd i'r wyneb wedyn.

Doedd dim dal ar Hywyn 8 ar ôl iddo ddechrau chwilio'r lefelau.

'Cymer ofal wir,' rhybuddiodd ei dad. 'Dydi crwydro gormod ddim yn beth doeth. Beth petai'r robotiaid yn sylwi arnat ti? Neu un o'r Gwylwyr?'

Gwyddai Hywyn 8 fod ei rieni a'i daid yn poeni amdano. Ond roedd yn gwybod bod yr un freuddwyd ganddyn nhw hefyd. Y breuddwyd am yr wyneb ... a rhyddid ... a dianc oddi wrth y robotiaid a llygaid cyson y Gwylwyr. Ond roedd ei daid yn rhy hen i fentro ... a'i dad wedi gweithio'n rhy hir ym mhoethder llaith y gerddi mawr nes bod broncitis arno drwy'r amser. Ac roedd yn rhaid i'w fam weithio i'w cadw. Felly, doedd neb ond y fo i fentro.

Roedd Hywyn 8 bron â digalonni a rhoi'r gorau i'r chwilota weithiau. Yr adeg honno byddai'n agor enseiclopidia ac yn edrych ar y darluniau lliw am oriau, nes y byddai bron yn medru blasu'r haul a'r mynyddoedd a'r môr ... er nad oedd o'n gwybod sut bethau oedden nhw mewn difri.

'Wyt ti am ddŵad efo mi, 'ta be?' holodd Gwyn 7 yn bigog un amser cinio. 'Waeth imi heb â gofyn i ti.'

Ysgwyd ei ben wnaeth Hywyn 8, fel yr oedd yn ei wneud ers pythefnos bellach.

Trodd Gwyn 7 ei gefn arno'n surbwch ac ymuno â'r criw a oedd yn anelu am y peiriannau hap, heb edrych yn ôl. Ochneidiodd Hywyn 8. Doedd o ddim eisiau ffraeo na pheidio â bod yn ffrindiau efo Gwyn 7. Ond roedd ganddo rywbeth pwysicach i'w wneud na chwarae peiriannau hap.

Ymunodd â'r dorf a oedd yn cerdded yn brysur ar hyd y coridor.

Dringodd ar y grisiau symudol cyntaf. Aeth o lefel i lefel gan ofalu cadw gyda'r dorf fwyaf trwchus bob amser. Byddai'r robotiaid ddim yn sylwi arno felly.

Cyrhaeddodd at y lefel lle cafodd ei achub gan Hunydd. Bu bron iddo â mentro ar hyd y coridor lliwgar a oedd yn mynd at ddrws y belen aur. Ond roedd gormod o ofn arno. Beth petai Gwyliwr arall yno?

Ond roedd yn methu peidio â syllu'n obeithiol i gyfeiriad y drws. Er mai Gwyliwr oedd Hunydd, roedd o'n sicr y byddai'n ffrind da ... yn gymaint o ffrind â Gwyn 7 efallai. Yna gwylltiodd wrtho'i hun am fod mor wirion. Ffŵl oedd eisiau bod yn ffrind i Wyliwr! Dringodd ymlaen.

Roedd o wedi dringo lefelau llawer uwch erbyn hyn. Oedodd yn anniddig. Os byddai'n mynd yn rhy bell, fyddai o byth yn gallu cyrraedd adre cyn yr hwyrgloch. A fiw i neb fod ar y coridorau ar ôl i honno ganu. Biti na fyddai'n medru cuddio yn rhywle tan y bore ... a dal ymlaen i chwilio wedyn.

Edrychodd o'i gwmpas. Gwyddai fod stordai yn yr un mannau ym mhob lefel. Tybed a oedd yn gallu sleifio i mewn i un a chuddio yng nghanol y trugareddau? Symudodd ymlaen gan smalio'i fod yn berffaith gartrefol. Ond roedd ei galon yn curo.

Safodd a'i gefn tuag at y drws agosaf, gan ddiolch bod y bwlb wedi ffiwsio yn y rhan yma o'r coridor.

Edrychodd yn ofalus o'i gwmpas rhag ofn fod robot yn ei wylio. Na, doedd neb yno. Byddai neb yn ei weld yn sleifio i'r stordy yn yr hanner tywyllwch 'ma. Teimlodd cyhyrau'i goesau'n tynhau wrth iddo baratoi i lithro ymlaen.

Yna ... bu bron iddo â sgrechian mewn dychryn. Fe ddisgynnodd llaw'n sydyn ar ei ysgwydd a hisiodd llais o'r tu ôl iddo.

'I fan'ma.'

Chafodd o ddim amser i feddwl am ddianc. Roedd y llaw wedi'i dynnu'n ddiseremoni trwy'r drws ac wedi'i gau'n ddistaw ar ei hôl. Trodd Hywyn 8 i wynebu'r tywyllwch y tu mewn. Pwy oedd yna?

Chwarddodd rhywun yn ysgafn yn y tywyllwch. Yna daeth clic a daeth golau i'r stafell. Safai Hunydd yno a'i hwyneb yn wên i gyd.

'Rydw i wedi bod yn dy wylio di,' meddai. 'Ers pythefnos.' Roedd Hywyn 8 yn fud. 'Chwilio'r lefelau, yn dwyt ti?'

Roedd Hywyn 8 yn methu gwneud dim ond nodio.

Symudodd Hunydd i eistedd ar gadair esmwyth yng nghanol y stafell.

'Pam?' holodd.

'Pam be?' gofynnodd Hywyn 8.

'Pam wyt ti'n chwilio'r lefelau, siŵr iawn.'

'Ond mi ddeudais i o'r blaen. Chwilio am yr wyneb.'

'Ac mi ddeudais inna nad oes 'na'r ffasiwn le,' meddai Hunydd. 'Mi faswn i'n gwybod petai 'na wyneb. Mae pob Gwyliwr yn gwybod pob peth.'

'Nac'dyn ... os na'dyn nhw'n gwybod am yr wyneb,' meddai Hywyn 8 yn chwyrn. 'Pen bach!'

Neidiodd Hunydd ar ei thraed.

'Pwy wyt ti'n ei alw'n ben bach? Mi alwa i ar robot.'

Gwylltiodd Hywyn 8. 'Gwna, 'ta. Does dim pwynt ymddiried mewn Gwyliwr.'

'Mae pobl yn ddwl,' meddai Hunydd. 'Lympiau heb ddim yn eu pennau nhw.'

'Mae 'na ddigon ym mhennau pobl tasan nhw'n cael llonydd,' meddai Hywyn 8 yn wyllt gacwn. 'Gwylwyr sy'n rhoi cyffur i lonyddu'u meddyliau nhw.'

'Nid cyffur ydi o,' haerodd Hunydd. 'Ffisig rhag afiechyd.'

'Hy!'

'Mae'r Pen-gwyliwr wedi deud,' meddai Hunydd. 'Wyt ti'n meddwl ei fod o'n deud celwydd?'

'Ydw,' meddai Hywyn 8 yn blwmp ac yn blaen.

Rhythodd y ddau ar ei gilydd. Yna trodd Hunydd ei chefn arno. 'Ddylet ti ddim siarad fel 'na efo Gwyliwr.'

'Mi siarada i fel licia i.'

Ymsythodd Hunydd yn fawreddog.

'Dos, 'ta. Yn ôl at dy lympiau pobl.'

'Mi a' i,' meddai Hywyn 8.

Trodd am y drws. Ond, rywsut, doedd o ddim eisiau mynd. Ddim ac yntau wedi gweld Hunydd unwaith eto.

Trodd y ddau yr un eiliad.

'Sori ...' medden nhw efo'i gilydd. Dechreuodd y ddau chwerthin.

'Ffrindia?'

'Ffrindia,' meddai Hywyn 8.

Eisteddodd Hunydd yn ôl yn ei chadair. 'Pam wyt ti'n credu yn yr wyneb, 'ta?'

Petrusodd Hywyn 8 am eiliadau hir.

'Dwyt ti ddim yn gwybod pam, yn nac wyt?'

'Ydw, siŵr.'

'Wel, pam 'ta?'

Agorodd Hywyn 8 ei geg i ddatgelu'r gyfrinach am y llyfrau. Yna caeodd ei geg eto. Sut fedrai ymddiried yn Hunydd? Gwyliwr oedd hi, 'te?

'Fedra i ddim deud. Fiw i mi.'

Ymsythodd Hunydd. 'Does neb yn cuddio dim oddi wrth Wyliwr,' meddai'n fawreddog. 'Mi anfona i am robot, os na ddywedi di.'

'Fyddet ti ddim yn gneud hynny,' mentrodd Hywyn 8.

'Tria fi,' oedd ateb pendant Hunydd. Yna gwenodd, ac estyn ei llaw i afael yn ei fraich. 'Trystia fi, Hywyn 8. 'Dan ni'n ffrindia, 'tydan?'

Llyncodd Hywyn 8 ei boer cyn mentro, 'Y llyfrau sy'n deud.'

'Y llyfrau? Ond does neb i fod i ddarllen llyfrau! Ddim hyd yn oed y Gwylwyr ifanc.'

'Dw i'n medru darllen ... a sgwennu hefyd,' broliodd Hywyn 8.

'Dw i ddim yn dy gredu di.'

'Fedri di ddarllen?' holodd Hywyn 8 yn sydyn.

Edrychodd Hunydd yn anesmwyth braidd ac eisteddodd yn gefnsyth. 'Pethau gwirion ydi llyfrau,' meddai. 'A does dim angen i neb ond y Gwylwyr pwysicaf fedru darllen.'

'Fedri di ddim felly.' Roedd Hywyn 8 yn falch. Roedd o cystal â Gwyliwr felly ... yn well am ei fod o'n medru darllen.

'Sut wn i dy fod di'n deud y gwir am y llyfrau?' gofynnodd Hunydd.

'Mi ddangosa i nhw iti,' meddai Hywyn 8. 'Mae hynny'n brawf, dydi?'

'Reit, 'ta,' meddai Hunydd. 'Mi awn ni rŵan.'

Dechreuodd coesau Hywyn 8 grynu wrth feddwl am ei rieni a'i daid. Beth ddyweden nhw wrth weld Gwyliwr yn dŵad i'w cartre?

'Rhaid inni fynd ar wahân,' meddai Hunydd. 'Neu mi fydd y robotiaid yn sylwi. Dos di gynta ... ac mi ddo' i ychydig ar dy ôl.'

Doedd Hywyn 8 ddim yn gwybod beth i'w wneud. Roedd o wedi'i gwneud hi rŵan, on'd oedd?

‘Iawn, ’ta,’ meddai’n wannaidd.

Agorodd Hunydd y drws er mwyn gweld oedd ’na rywun o gwmpas. Yna nodiodd ei phen ar Hywyn 8 i’w annog i gychwyn o’i blaen.

Ufuddhaodd yntau â’i galon yn ei sgidiau. Ond fedrai o wneud dim arall, yn na fedrai?

Cyrhaeddodd Hywyn 8 ddrws ei gartre â'i feddyliau'n troi. Beth fyddai ei rieni'n dweud pan fydden nhw'n gweld Hunydd? Doedd o ddim yn gwybod beth i'w wneud.

Canodd y gloch yn ei batrwm arbennig, hir ... byr ... byr ... hir er mwyn iddyn nhw wybod mai y fo oedd yno. Yna agorodd y drws yn frysiog gan feddwl yn siŵr y câi eiliad i'w rhybuddio am Hunydd.

'Dad ...' dechreuodd.

Ond daeth caniad arall o'r tu ôl iddo ac fe wyddai fod Hunydd wedi cyrraedd. 'Pwy sy 'na?' holodd ei fam mewn dychryn.

Ond roedd yn rhy hwyr iddo egluro. Daeth Hunydd i mewn. Gafaelodd ei fam ym mraich ei dad a syllodd y tri'n fud arni. Yna neidiodd ei dad ar ei draed.

'Croeso, Wyliwr, i gartre un o'r bobl,' meddai, a'i lygaid yn fflachio rhybudd i'w deulu. 'Maddeuwch inni am edrych arnoch chi.'

Safodd yno gan edrych tua'r llawr.

''Sdim isio poeni,' meddai Hywyn 8. 'Hunydd ydi hon. Wedi dŵad i weld y llyfrau mae hi.'

Digynnodd distawrwydd ofnus dros y stafell.

‘Ll-llyfrau?’ sibrydodd ei fam trwy wefusau sych. ‘Hywyn 8 ... wnest ti ’rioed ...’

Am eiliad, teimlai Hywyn 8 yn ofnus hefyd. Oedd o wedi camgymryd ac wedi rhoi ei deulu mewn perygl? Sut oedd o i wybod bod Hunydd yn ffrind go iawn, ac na fyddai hi byth yn eu bradychu i weddill y Gwylwyr? Un ohonyn nhw oedd hi, ’te?

Yna gwenodd.

‘Mi fedrwch chi drystio Hunydd,’ meddai’n bendant. ‘Mae hi’n ffrind i mi.’ Ond roedd yr ofn yn aros ar wynebau’i rieni a’i daid.

Cerddodd Hunydd atyn nhw.

‘Does dim angen ichi boeni,’ meddai.

Ond doedd run ohonyn nhw’n gallu ateb o gwbl.

‘Ble mae’r llyfrau, Taid?’ holodd Hywyn 8. ‘Dydi Hunydd ddim yn coelio ynddyn nhw.’ Ysgwyd ei ben wnaeth ei daid heb ddweud gair.

Dechreuodd Hywyn 8 deimlo’n annifyr eto. Ddylai o ddim fod wedi dweud am y llyfrau. Fe welai hynny yn llygaid ei daid.

‘Wna i ddim sôn gair wrth ’run o’r Gwylwyr eraill,’ meddai Hunydd. ‘Ar fy llw. Wnewch chi eu dangos nhw imi?’

Fe welodd Hywyn 8 fod yn rhaid iddo egluro.

‘Hunydd ddaru fy achub i rhag y robotiaid,’ meddai. ‘Fy nghuddio i y tu ôl i’r soffa pan oedden nhw’n rhedeg ar fy ôl i. A’u hanfon i ffwrdd hefyd. Wel ... dim ond un ohonyn nhw. Mi syrthiodd y llall yn sypyn ar y llawr a gneud sŵn fel tasa fo'n drysu. Ac mi faglais inna ar ei draws, ac mi roedd Hunydd yn cael hwyl am fy mhen i.'

Gwenodd Hunydd ac yntau ar ei gilydd.

'Robot?' holodd ei fam. 'O ... Hywyn 8, beth wyt ti wedi'i neud? Mae hi ar ben arnon ni. Robotiaid ar dy ôl di ... a rŵan Gwyliwr yn holi am y llyfrau.'

'Ond mae Hunydd yn gwybod 'mod i'n chwilio am yr wyneb. A dydi hi ddim yn coelio fod 'na ffasiwn le. Dyna pam mae hi isio gweld y llyfrau,' meddai Hywyn 8 ar dân eisiau iddyn nhw ddeall.

Ochneidiodd ei daid.

'Dangoswch nhw iddi,' meddai. 'Mae'r drwg wedi'i neud rŵan.'

Eisteddodd Hunydd i edrych ar y llyfrau. Trodd a throdd y tudalennau ac edrych ar y darluniau lliw ... ond fedrai hi ddim darllen 'run gair.

'Yli ... haul ydi hwnna ... a môr ... a mynydd,' eglurodd Hywyn 8 gan deimlo wrth ei fodd am ei fod o'n medru darllen y geiriau ac egluro iddi.

Crychodd Hunydd ei thalcen.

'Ond ... be ydi haul ... a môr ... a mynydd?' holodd yn ddryslyd. 'Fedri di eu bwyta nhw?'

'Wel ... wn i ddim yn iawn,' meddai Hywyn 8. 'Ar yr wyneb maen nhw, 'te?'

Trodd Hunydd y tudalennau'n araf .

'Mi helpa i chdi i chwilio am yr wyneb,' meddai o'r diwedd. 'Efallai fod yr wybodaeth yn y stafell Hanes. Mae fan'no'n llawn o hen bethau, a neb byth yn sbio arnyn nhw.' Gwenodd ar deulu Hywyn 8.

'Mi fyddwn ni'n siŵr o lwyddo,' meddai.

Ond golwg ddrwgdybus iawn oedd ar wynebau'r tri.

Roedden nhw'n methu'n lân ag ymddiried mewn Gwyliwr, o bawb. Ac er bod Hunydd yn ymddangos yn ffrind ac yn siarad yn foesgar neis efo nhw ... a ddim yn malio'u bod nhw'n edrych arni chwaith, doedden nhw ddim yn fodlon.

'Rhaid i ti fynd i'r ysgol bore fory ... a dringo i'r lefel ata i wedyn,' penderfynodd Hunydd. 'Bydda inna wedi cael dillad Gwyliwr i ti erbyn hynny, ac mi fedrwn ni'n dau grwydro fel y mynnwn ni heb i neb sylwi dim.'

Agorodd mam Hywyn 8 ei cheg ... ond ddywedodd hi 'run gair. Roedd ei llygaid yn llawn ofn.

'Ew ... ia,' meddai Hywyn 8. 'Fe fyddai hynny'n grêt. Dw i'n ffansïo fy hun fel Gwyliwr. Dillad neis ... a neb yn meiddio sbio arna i. Grêt!' Ond doedd ei deulu ddim mor siŵr.

'Beth taset ti'n cael dy ddal?' holodd ei dad. 'Mi fyddai'r gosb yn ofnadwy.' Trodd at Hunydd. 'Mae hi'n iawn arnoch chi,' meddai. 'Gwyliwr ydych chi. Ond mi allai Hywyn 8 druan gael ei gosbi'n drwm am y fath ffwlbri.'

Ysgydwodd ei ben.

'Na ... dw i ddim yn fodlon.'

'Ond ... Dad ...' dechreuodd Hywyn 8.

'Na,' meddai ei dad. 'Dw i ddim am iti beryglu dy hun.'

Trodd Hywyn 8 at Hunydd.

'Ond does 'na ddim peryg, yn nac oes, Hunydd? Ddim

os byddwn ni'n ofalus.'

Roedd ei daid wedi bod yn edrych yn graff ar Hunydd drwy'r adeg. Y fo siaradodd nesaf .

'Mae Hunydd yma'n edrych fel petasai hi o ddifri,' meddai. 'A does fawr o siawns i Hywyn 8 lwyddo heb ei help hi. Rhowch gyfle i'r ddau.'

A dyna ddigwyddodd. Aeth Hywyn 8 i'r ysgol fore trannoeth yn ôl ei arfer. Roedd hi'n anodd iddo ateb y cwestiynau dwl a ofynnai'r athro drwy'r ffonau clust, a theimlai ar bigau'r drain wrth ddisgwyl am y golau coch. Ond roedd yn rhaid iddo fod yn amyneddgar.

Efallai y gwela i haul ... a môr ... a mynydd heddiw, meddyliodd yn obeithiol. A tybed fydd Meilyr yn disgwyl amdana i ar yr wyneb ... a Sam hefyd? Cofiodd am y darlun o gi yn yr enseiclopidia. Ond rywsut fedrai o ddim dychmygu ci go iawn, dim ond un fflat du a gwyn ar y tudalennau.

O'r diwedd fflachiodd y goleuadau un ar ôl y llall ... coch, oren, yna gwyrdd. Cododd Hywyn 8 yn falch. Roedd ei du mewn yn troi'n nerfus erbyn hyn. Fedrai o ddringo o lefel i lefel nes cyrraedd Hunydd heb i neb sylwi arno? Fyddai hi yno'n disgwyl, a'r dillad ganddi? A sut fyddai o'n teimlo mewn dillad Gwyliwr?

Cychwynnodd yn ofalus ar y grisiau symudol. Doedd o ddim am ddenu sylw'r robotiaid heddiw o bob diwrnod. Aeth i fyny ac i fyny nes o'r diwedd cyrraedd y lefel lle roedd Hunydd yn disgwyl amdano.

Symudodd yn wyliadwrus ar hyd y coridor lliwgar a

churodd yn ysgafn ar ddrws y belen aur.

Roedd ei galon yn ei wddf. Beth os mai tric oedd y cyfan a bod Gwyliwr arall neu robot yn disgwyl amdano y tu ôl i'r drws? Ond ymlaciodd yn ddiolchgar wrth weld Hunydd yno. Roedd siwt Gwyliwr ar ei braich.

'Hwda,' meddai. 'Roeddwn i'n meddwl doeddet ti byth am ddŵad.' Gwisgodd Hywyn 8 nhw'n frysiog. Roedd yn teimlo'n rhyfedd iawn, fel petai'n rhywun newydd sbon.

'Mi awn ni,' meddai Hunydd. 'Cofia fyhafio fel Gwyliwr. Does dim isio iti roi lle i neb. Mi fydd pawb yn symud o dy ffordd di.'

Doedd Hywyn 8 ddim yn gwybod a fyddai'n gallu ymddwyn felly. Ond roedd o'n fodlon trio. Roedd o'n fodlon mentro unrhyw beth ond iddo ddod o hyd i'r ffordd at yr wyneb.

'Mi awn ni'n syth i'r stafell Hanes,' meddai Hunydd. 'Mi fedri di ddarllen y papurau.'

Roedd tinc anfoddog yn ei llais. Fel petai hi'n anfodlon cydnabod bod Hywyn 8 yn medru gwneud unrhyw beth yn well na hi.

Gwenodd Hywyn 8. Doedd y Gwylwyr ddim mymryn gwell na'r bobl gyffredin, meddyliodd, ond bod y cyffur ufudd-dod ganddyn nhw .

'A be sy'n dy blesio di?' holodd Hunydd yn bigog. 'Pam wyt ti'n gwenu?'

'O ... dim byd,' meddai Hywyn 8 yn frysiog.

Syllodd Hunydd yn ddrwgdybus arno am eiliad cyn troi am y drws.

'Mae'n rhaid iti ufuddhau i mi rŵan,' rhybuddiodd. 'Y fi sy'n gwybod y ffordd i'r stafell ... a sut mae byhafio fel Gwyliwr hefyd, cofia.'

'Iawn,' cytunodd Hywyn 8.

Ceisiodd Hywyn 8 gerdded mor benuchel â Hunydd ar hyd y coridor. Roedd yn anodd cofio mai Gwyliwr oedd o rŵan. Cyrhaeddodd y ddau at droed y grisiau symudol cyntaf, ac ar unwaith symudodd y bobl i'r ochr a gadael iddyn nhw fynd i fyny ar eu pennau eu hunain.

Roedd Hywyn 8 yn teimlo'n od iawn. Edrychodd ar bawb yn sefyll a'u hwynebau at y llawr, ac am eiliad roedd yn teimlo'n bwysig ofnadwy. Yna cofiodd ei fod yn un o'r bobl gyffredin mewn gwirionedd.

Yn sydyn rhoddodd Hunydd bwniad ciaidd iddo. 'Gwylia dy hun,' hisiodd. 'Robotiaid!'

Llanwyd calon Hywyn 8 ag ofn. Roedd dau robot yn sefyll ar ben y grisiau symudol a'u llygaid arnyn nhw.

Dechreuodd y chwys ddiferu'n araf i lawr ei asgwrn cefn. Ond cyfarchodd y robotiaid hwy'n foesgar. 'Croeso Feistr a Meistres,' medden nhw.

Nodiodd Hunydd yn ddidaro a cheisiodd Hywyn 8 wneud 'run fath, er bod yr ofn yn gwasgu'n boenus o gwmpas ei stumog.

'Gawn ni eich hebrwng, Meistr a Meistres?' holodd un o'r robotiaid.

'Dim angen,' meddai Hunydd. 'Ewch yn ôl at eich gwaith.'

Trodd y robotiaid i ffwrdd ar unwaith. Gollyngodd

Hywyn 8 ei anadl yn araf ddiolchgar.

Brysiodd y ddau i fyny'r grisiau nesaf ... i fyny ac i fyny nes roedd Hywyn 8 wedi hen anghofio sawl lefel roedden nhw wedi dringo trwyddi. O'r diwedd cyrhaeddon nhw ddrws disylw ym mhen draw un o'r coridorau. Yma hefyd roedd y bylbiau wedi ffiwsio, a doedd dim ond llewyrch ysgafn o'r coridor mawr i oleuo'r lle. Agorodd Hunydd y drws gwichlyd.

'Cau o ar d'ôl di,' gorchmynnodd, 'yn dynn.'

Pwysodd Hunydd ar y switsh i oleuo'r stafell a syllodd Hywyn 8 yn gegagored ar yr olygfa o'i flaen.

Roedd y stafell yn llawn o lyfrau a phapurau a dogfennau mewn pentyrrau taclus, ond roedd llwch blynyddoedd yn gorwedd yn drwchus arnyn nhw.

Dechreuodd grwydro'n araf i lawr un rhes ac i fyny un arall heb ddweud gair. Dilynodd Hunydd ef.

'Wel ... welaist ti rywbeth?' holodd o'r diwedd.

'Dwn i ddim lle i ddechrau,' meddai Hywyn 8. 'Mae 'na ormod yma.'

'Wel ... mi fydd yn rhaid iti ddechrau arni, yn bydd?' meddai Hunydd yn ddiamynedd. 'Fedrwn ni ddim aros yma'n hir .'

'Pam?' holodd Hywyn 8. 'Does neb byth yn sbio ar y pethau, meddet ti.'

'Ia ... ond jest rhag ofn. Dydi Gwylwyr ifanc ddim fod i ddŵad yma.'

Pam na fyddai hi wedi dweud hynny'n gynt, meddyliodd Hywyn 8. Cerddodd ar hyd y rhes agosaf gan aros bob yn hyn a hyn i ddarllen ychydig ar y dogfennau. Dechreuodd ddigalonni. Sut oedd o am gael gwybodaeth am yr wyneb o'r fath bentwr?

Yna safodd yn sydyn. Ia siŵr, meddyliodd. Y pethau reit yn y cefn fyddai'r rhai hynaf. Yn fan'no y bydd yn cael hanes yr wyneb.

Brysiodd yno a Hunydd wrth ei sodlau.

Roedd y papurau yma'n hen iawn. Roedden nhw wedi melynu gan henaint a'r ymylon yn malu'n shwrwd wrth iddo afael ynddyn nhw. Ond roedd o'n siŵr mai dyma lle roedd yr wybodaeth.

'Brysia,' meddai Hunydd.

'Sut fedra i frysio?' holodd Hywyn 8 yn bigog. 'Mae gormod o waith darllen arnyn nhw.'

Bu'n darllen a darllen ... a chwilota'n ddyfal am oriau hir wrth i Hunydd fynd yn fwy a mwy diamynedd. 'Mae bron yn amser yr hwyrgloch,' meddai. 'A be wnei di wedyn? Rhaid iti roi'r gorau iddi, a dŵad yn ôl fory.'

Ond ysgwyd ei ben wnaeth Hywyn 8. Roedd o'n benderfynol.

'Mi arhosa i,' meddai. 'Chwilio trwy'r nos. Mi gei di fynd, os lici di.'

'Mi fydd dy deulu'n poeni,' meddai Hunydd.

'Dos di i ddeud wrthyn nhw,' meddai Hywyn 8. 'Byddan nhw'n gwybod wedyn.'

Fedrai o ddim rhoi'r gorau iddi rŵan. Na fedrai byth! Roedd hi'n ddistaw ac yn oerllyd braidd yn y stafell ar ôl i Hunydd ymadael. Ac erbyn hyn roedd stumog Hywyn

8 yn cnoi o eisiau bwyd. Ceisiodd anwybyddu'r cnoadau wrth iddo lygadu dogfen ar ôl dogfen yn ei thro heb fod fymryn nes i'r lan.

O'r diwedd eisteddodd ar y llawr yn flinedig a phwysodd ei gefn ar hen gwpwrdd cyfagos. Roedd ei gefn a'i freichiau'n brifo, a'i lygaid yn mynnu cau'n flinedig.

Dim ond cyntun bach, meddyliodd. Jest digon i ddadflino ychydig. Y munud nesaf ... aeth i gysgu.

Deffrodd gyda naid wrth deimlo'i hun yn llithro ar wastad ei gefn a'r cwpwrdd yn ei ddilyn. Ceisiodd afael ynddo rhag iddo ddisgyn, ond fe fethodd. Disgynnodd y ddau gyda chlec anferth ar lawr y stafell.

Neidiodd Hywyn 8 ar ei draed mewn dychryn. Oedd rhywun wedi clywed? A ble oedd Hunydd?

Roedd hi wedi mynd ers meitin. Brysiodd i godi'r cwpwrdd a thacluso'r dogfennau a ddisgynnodd ohono.

Yna rhwbiodd ei lygaid yn wyllt. Roedd o wedi cael cip ar y geiriau 'Yr wyneb'! Oedd wir! Gafaelodd yn y ddogfen yn awchus.

'Y mudo olaf ...', dyna oedd y geiriau cyntaf a ddarllenodd.

Roedd o'n teimlo fel dawnsio a gweiddi ar dop ei lais. Dyma hi! Dyma'r wybodaeth! Darllenodd ymlaen yn awchus. Roedd popeth yma. Y mudo ... cau'r agoriad mawr ... ac yna, y penderfyniad i adael agoriad bach cudd ... yr unig un ... rhag ofn y byddai ei angen ryw ddiwrnod. Ac yna roedd 'na sôn am y 'Gwarchodwr' a oedd yn gofalu am yr agoriad.

Llyncodd Hywyn 8 ei boer yn sydyn. Y Gwarchodwr? Beth oedd hwnnw, tybed? Oedd o'n beryg? Rhoddodd ei galon dro ofnus. Mae'n rhaid ei fod o, os oedd o'n gofalu na fyddai neb yn mynd drwy drwy'r agoriad. Dechreuodd ei benliniau grynu wrth feddwl am fentro.

Ond doedd 'run Gwarchodwr am ei rwystro rhag mentro i'r wyneb. Roedd o'n barod i wynebu unrhyw berygl. Gwasgodd ei ddyrnau'n dynn a cheisiodd fagu dewrder.

'Dw i wedi dŵad o hyd i'r wybodaeth,' meddai wrtho'i hun, 'a dw i ddim am droi'n ôl rŵan, Gwarchodwr neu beidio!'

Ond ble oedd Hunydd? Roedd yn rhaid iddi ei helpu! Aeth oriau lawer heibio wrth iddo ddisgwyl amdani.

Darllenodd y ddogfen drosodd a throsodd, cerddodd yma ac acw o gwmpas y stafell a gafaelodd yn y peth yma a'r peth arall ... ond doedd dim golwg o Hunydd. Dechreuodd boeni bod rhywbeth wedi digwydd iddi. Ac o! mi roedd o bron â drysu eisiau bwyd!

Agorodd y drws gyda chlic sydyn. Rhewodd Hywyn 8 y tu ôl i un o'r cypyrddau. Diolch byth, dim ond Hunydd oedd yno. Roedd pecyn bach yn ei llaw.

'Bwyd gan dy fam,' meddai. Gafaelodd Hywyn 8 ynddo'n awchus.

'Dw i wedi cael gafael ar yr wybodaeth,' meddai. 'Rhaid i ni fynd i chwilio ar unwaith.'

Golwg 'ddim yn coelio' braidd oedd ar Hunydd. Ond ar ôl i Hywyn 8 egluro beth oedd yn y ddogfen, roedd hi'n ddigon bodlon chwilio gydag ef .

'Hatsh fach gron ydi'r agoriad,' meddai a'i geg yn

llawn bwyd. 'Yn y lefel uchaf un. Mae cilfan fach ar y dde, ac yn y pen draw y mae'r hatsh. Yn fan'no mae'r Gwarchodwr hefyd.'

'Y ... Gwarchodwr?' Agorodd llygaid Hunydd yn llydan fel soseri.

'Does dim isio poeni amdano fo,' meddai Hywyn 8. 'Mae synnwyr yn deud, yn tydi? Mae o wedi marw ers talwm.' Edrychodd Hunydd braidd yn amheus.

'Wyt ti'n siŵr?' holodd yn ofnus.

'Ydw,' meddai Hywyn 8, er nad oedd o ddim yn hyderus iawn, chwaith.

'Efallai na fedrwn ni ddim mynd cyn belled,' meddai Hunydd. 'Dw i'n siŵr fod y ffordd wedi'i chau.'

'Ond mae'n rhaid i ni,' meddai Hywyn 8.

Cychwynnodd y ddau. I fyny o lefel i lefel eto, nes cyrraedd at un hollol ddieithr heb neb i'w weld yn unman. Ac yno o'u blaenau roedd gwaelod hen, hen risiau yn arwain i fyny i dywyllwch dudew y lefel uchaf un. Roedd rhwd a llwch yn drwchus arnyn nhw, a doedd dim ôl traed neb yn mynd i fyny i'r tywyllwch a orweddai mor llonydd a ... a ... disgwylgar, rywsut, uwchben.

Gwrandawodd Hywyn 8 yn astud. Ble oedd y Gwarchodwr? Oedd o yno'n disgwyl amdanyn nhw y munud 'ma?

Aeth ias sydyn i lawr ei asgwrn cefn. Rywsut roedd y tywyllwch dudew yn ymddangos yn fygythiol ofnadwy iddo. Fel pe bai'n disgwyl iddyn nhw droedio'r hen risiau a diflannu i'w grombil am byth.

Ceisiodd Hywyn 8 ei gysuro ei hun. Doedd neb wedi aros mewn hen le a hwnnw wedi'i adael ers talwm, yn nac oedd? Ceisiodd reoli'r cryndod rhyfedd yng ngwaelod ei gefn.

'Oes raid inni fynd i fyny 'na?' holodd Hunydd mewn llais bychan bach. Roedd cryndod yn ei llais hithau hefyd.

'Twt! Dim ond tywyllwch sy' 'na,' meddai Hywyn 8 gan geisio swnio'n ddewr. 'Sdim ofn arnat ti?'

'Nac oes, siŵr,' meddai Hunydd yn ansicr. 'O-ond mae hi'n dywyll ofnadwy yna, dydi?'

''Sgen ti fflachlamp?' holodd Hywyn 8.

Ysgwyd ei phen ddaru Hunydd heb ddweud gair. Roedd ei llygaid wedi'u hoelio ar y tywyllwch uwchben. Rywsut fedrai hi ddim peidio â meddwl nad oedd rhywun yno'n disgwyl amdanyn nhw.

'Roedd y ddogfen yn sôn am Warchodwr,' meddai Hywyn 8. 'Ond mae'n siŵr ei fod o wedi mynd ers talwm, yn dydi?'

Lledaenodd llygaid Hunydd. 'Gwarchodwr? O, Hywyn 8, mae hi'n beryg i fyny 'na.'

'Os na nawn ni fentro, chawn ni byth hyd i'r wyneb,' meddai Hywyn 8. 'Mi a' i fy hun, os oes ofn arnat ti.'

Ond doedd Hunydd ddim yn fodlon ar hynny chwaith. 'Os wyt ti'n mynd, mi a' inna hefyd,' meddai.

Dechreuodd y ddau ddringo. Un gris, dau ris, tri, pedwar, pump. A gyda phob gris roedd y tywyllwch uwchben yn goleuo ychydig bach.

'Wedi'i ddiffodd oherwydd does neb yn dŵad yma maen nhw,' meddai Hywyn 8 yn ddiolchgar. 'Yli, mae'n goleuo mwy bob munud.'

Ac felly roedd hi hefyd. Erbyn iddyn nhw gyrraedd pen y grisiau roedd y golau wedi cryfhau digon i ddangos lefel fechan, gul gyda gwe pry cop yn llenni trwchus ar ei waliau.

'Ar y dde,' sibrydodd Hywyn 8. 'Y gilfan fach acw.'

Symudodd y ddau tuag ati. Ac yno o'u blaenau, fe welson nhw hatsh fach gron gydag olwyn rydlyd arni i'w hagor.

'Dyna hi,' sibrydodd Hywyn 8. 'Trwy honna mae isio mynd.'

Estynnodd ei ddwylo i gyffwrdd â'r olwyn. Yna rhewodd ei fysedd arni. Daeth sŵn llusgo bygythiol o'r lefel ac ymddangosodd cysgod du i lenwi ceg y gilfan y tu ôl iddyn nhw. Roedden nhw wedi'u carcharu yn y gilfan!

Yna clywson nhw sibrwd araf, 'Ach-ub y Ddin-as. Aaach-ub-b y Dd-ddi-na-as' wrth i greadur anferth lusgo tuag atyn nhw. Roedd y golau'n sgleinio ar ei groen crebachlyd a'i lygaid coch yn serennu arnyn nhw.

'Fi-i y-yw'r Gwar-ch-chod-wr,' hisiodd gan ddangos ei ddannedd anferth. 'Fi-i y-yw'r Gwar-ch-chod-wr.'

Rhoddodd Hunydd sgrech cyn troi i ymbalfalu'n wyllt efo Hywyn 8 am olwyn yr hatsh.

'TRO!' gwaeddodd Hywyn 8.

Roedd y Gwarchodwr yn dod yn nes. Roedd ei anadl llosg yn llenwi'r gilfan.

'ETO!' gwaeddodd Hywyn 8.

Ymdrechodd y ddau i droi a throi. Oedd yr olwyn yn symud? Oedd, ychydig bach. Ond ddim digon.

'Mae o bron â'n cyrraedd ni,' gwaeddodd Hunydd gan daflu cipolwg wyllt dros ei hysgwydd.

Gafaelodd â'i holl nerth yn yr olwyn.

'Mae hi'n troi,' gwaeddodd Hywyn 8. 'Eto ... eto ... eto ...'

'Fi-i y-yw'r Gwar-ch-chod-wr,' hisiodd y llais o'u hôl.

Roedd ei anadl llosg yn cyffwrdd eu cefnau ... roedd o'n eu cyrraedd nhw!

Trodd Hunydd a Hywyn 8 yr olwyn â'u holl nerth. Yn araf, araf, trodd yr olwyn. Crafodd ewinedd miniog ar lawr y gilfan.

Teimlodd Hywyn 8 rywbeth yn cripio'i wregys. Ond, o'r diwedd, roedd yr hatsh yn agor!

'NEIDIA!' gwaeddodd Hywyn 8 gan wthio Hunydd o'i flaen i mewn i'r agoriad.

Taflodd y ddau eu hunain trwyddo wrth i'r creadur estyn amdanyn nhw a'i freichiau mawr ar led i'w gwasgu ato. Caeodd Hywyn 8 yr hatsh gyda chlep anferth a chlywodd y clo yn disgyn i'w le. Roedden nhw mewn tywyllwch dudew.

'Be nawn ni rŵan?' holodd Hunydd a'i llais yn llawn dagrau.

Teimlai Hywyn 8 fel crio hefyd. Doedd o ddim wedi meddwl gadael y Ddinas heb ffarwelio â'i deulu, ond rŵan roedd yn rhaid iddo. Sniffiodd ychydig cyn ateb.

'Rhaid inni grafangu yn ein blaenau nes y byddwn

ni'n cyrraedd yr wyneb,' meddai.

Dechreuodd y ddau gropian ar hyd y twnnel cul a oedd yn codi'n raddol. Roedd ei ochrau'n llyfn ac yn sych, ond roedd awel ysgafn yn taro'u hwynebau. Awel ac arogl rhyfedd arni. Arogl dieithr, ffres.

Ymlwybrodd y ddau ymlaen, ac o'r diwedd fe welson nhw lygedyn o oleuni ymhell bell o'u blaenau. Yn fuan roedd golau llachar yn llenwi'r twnnel a'r awel yn cryfhau ar eu hwynebau. Dyfnhaodd y golau'n felyn cyfoethog, a dawnsiodd yn fflachiadau bywiog, rhyfedd ar ochrau'r twnnel. Sgrechiodd Hunydd.

'M-mae 'na belen felen fawr yn serennu arna i,' meddai'n grynedig. 'Uwchben. O, Hywyn 8, beth petai hi'n disgyn?'

Gwthiodd y ddau i'r wyneb a gafael yn ei gilydd mewn dychryn. Fedren nhw ddim edrych ar y belen aur uwch eu pennau, roedd ei golau'n brifo'u llygaid. Ac yn waeth na'r cyfan, roedd arnyn nhw ofn. Ofn y lle mawr rhyfedd ar yr wyneb.

RHAN III - AR YR WYNEB

Disgynnodd y ddau ar eu gliniau a rhoi eu dwylo dros eu llygaid rhag golau llachar y belen a oedd yn disgleirio mor fygythiol uwchben.

'T-ty'd yn ôl i mewn,' mwmiodd Hywyn 8 rhwng ei ddannedd. 'Mae fy llygaid i'n brifo.'

Crafangodd y ddau yn ôl i ddiogelwch y twnnel a gorwedd yno am eiliadau hir a'u llygaid ynghau. Ond fedrai Hywyn 8 ddim diodde aros. Roedd yn rhaid iddo gael mentro'n ôl i'r rhyddid agored unwaith eto. Agorodd ei lygaid ychydig bach bach a cheisiodd ddod i arfer â'r golau melyn ofnadwy a oedd yn serennu trwy'r deiliach o gwmpas ceg y twnnel.

'Haul ydi o, Hunydd,' meddai. 'Does dim angen bod ag ofn.' Agorodd Hunydd ei llygaid ychydig bach.

'Dw i isio mynd adra,' meddai'n flin. 'Doeddwn i ddim am ddŵad. Dim ond dy helpu di oeddwn i.'

Edrychodd Hywyn 8 yn syn arni. 'Ddim am ddŵad? Ond ddeudist ti ddim byd.'

'O ... wel,' meddai Hunydd. 'Mae gan Wyliwr hawl, does?' Trodd ei chefn ar y golau dieithr. 'Dw i ddim am aros chwaith,' meddai gan gymryd cam neu ddau yn ôl i'r tywyllwch.

'Dos, 'ta,' meddai Hywyn 8 yn chwyrn. 'Dos heibio'r Gwarchodwr OS medri di. 'Sdim ots gan hwnnw mai Gwyliwr wyt ti.'

'Y ... Gwarcho ...?'

Roedd Hunydd wedi anghofio popeth am hwnnw. Trodd yn ôl at Hywyn 8.

'Arnat ti mae'r bai ein bod ni yma. Syniadau gwirion am yr Hywyn cyntaf a rhyw Meilyr yn disgwyl amdano ar yr wyneb. Hy!'

Edrychodd yn flin ar Hywyn 8.

'Poeni wyt ti,' meddai hwnnw. 'Poeni fydd Gwyliwr ddim yn bwysig ar yr wyneb. Fydd dim ots gan neb amdanat ti.'

Edrychodd Hunydd arno'n fwy blin byth a throdd ei phen gan syllu tuag at geg y twnnel.

'Am bwy wyt ti'n sôn, felly? Wela i neb y tu allan, weli di? Does neb yno'n disgwyl, yn nac oes?' Roedd y ddau wedi anghofio erbyn hyn eu bod yn ofni'r wyneb. Roedden nhw'n rhy brysur yn ffraeo. 'Mi ddangosa i iti. Maen nhw'n siŵr o fod yna yn rhywle.'

'Betia i dydyn nhw ddim.'

'Betia i 'u bod nhw.'

'Nac'dyn.'

'Ydyn.'

'Nac'dyn,' gwaeddodd Hunydd.

'Reit, 'ta,' meddai Hywyn 8 a chychwyn am geg y twnnel.

'Ble wyt ti'n mynd?' gofynnodd Hunydd yn ofnus.

'I chwilio amdanyn nhw, 'te?'

Tynnodd Hywyn 8 ei wregys a'i ollwng ar lawr y twnnel. Roedd hi'n rhy boeth i'w wisgo. Yna cychwynnodd yn benderfynol am yr agoriad. Cymerodd gam neu ddau y tu allan ... ond roedd yn rhaid iddo aros. Roedd yr ofn yn gwasgu arno eto, oherwydd bod pobman yn rhy fawr ... ac yn ymestyn yn rhy bell oddi wrtho. Yr haul ... y goedwig drwchus ... yr awyr las, las uwchben, a honno mor uchel ac unig nes bod ei ben yn teimlo'n ysgafn ar ei sgwyddau. Dechreuodd ei goesau grynu.

'Wyt ti'n iawn?' holodd Hunydd o dywyllwch y twnnel.

Chafodd hi ddim ateb gan Hywyn 8. Roedd o'n methu ateb oherwydd bod yr ofn yn byrlymu trwyddo eto.

'Hywyn 8!' Roedd llais Hunydd yn boenus o'r twnnel. 'Deuda rywbeth.'

'Y ... y ...' meddai Hywyn 8 gan syllu ar yr awyr las uwchben. Dechreuodd ei ben droi a throi. Ond roedd o'n benderfynol o aros. Wedi dianc i fod ar yr wyneb oedd o, 'te?

'Hywyn 8!'

Safodd Hywyn 8 yno am amser hir heb gymryd sylw. Yna dechreuodd ei groen losgi'n annifyr.

Edrychodd i lawr ar ei freichiau. Roedden nhw'n goch ac yn dechrau brifo. A'i sgwyddau noeth hefyd. Dyna ryfedd!

Yna dechreuodd ei ben frifo a'i lygaid losgi. Roedd yn rhaid iddo fynd yn ôl i'r twnnel. Cerddodd yn simsan tuag ato. Caeodd ei lygaid rhag yr haul, ond rywsut roedd y belen aur yn dal i serennu arnyn nhw. Ac roedd y cur yn gwaethygu.

Cyrhaeddodd geg y twnnel a theimlodd Hunydd yn ei dynnu i mewn iddo. Cwympodd ar lawr a'i ddwylo dros ei lygaid. O! roedd ei ben yn brifo a'i groen yn llosgi fel tân.

Roedd Hunydd yn dwrdio ac yn hanner crio uwch ei ben.

'O! Hywyn 8, wyt ti'n iawn? Ffŵl gwirion yn mynd allan. Wyt ti'n iawn?'

Ond roedd o'n rhy sâl i'w hateb. Teimlodd Hunydd yn rhoi'r gwregys yn glustog esmwyth o dan ei ben ac roedd yn gwybod ei bod hi'n eistedd yn glòs wrth ei ymyl. Roedd ei ben yn brifo gormod i ddweud dim. Gorffwysodd ar y glustog feddal a cheisiodd anghofio'r ehangder ofnadwy y tu allan.

Gwellodd ei gur pen yn araf. Mi fydda i'n siŵr o gael hyd i Meilyr, meddyliodd wrtho'i hun yn gysglyd. Ar ôl i'w gur pen wella'n llwyr ychydig fe fyddai'n mynd allan, hyd yn oed os oedd Hunydd yn gwrthod mentro. Ond byddai'n well ganddo fynd efo hi hefyd.

Cysgodd.

Deffrodd Hywyn 8 ar ôl cysgu am oriau lawer. Cododd ar ei eistedd yn sydyn. Ble oedd o, a beth oedd y golau rhyfedd yna a oedd yn disgleirio mor oeraidd ar ei wyneb?

Yna, cofiodd. Wrth gwrs. Yn y twnnel roedden nhw. Ond ble oedd Hunydd? Doedd hi 'rioed wedi troi'n ôl am y Ddinas? Neidiodd ar ei draed yn wyllt. Doedd ganddo ddim awydd bod ar yr wyneb dieithr ar ei ben ei hun. Yna fe welodd o hi.

Roedd hi'n cysgu'n sownd a'i chefn yn pwyso ar wal y twnnel. Brysiodd ati'n falch. 'Hunydd!'

Roedd ei hwyneb yn ddu gan lwch a baw ac roedd olion dagrau o gwmpas ei llygaid. Fe ddeffrodd ar unwaith.

'O! Hywyn 8! Wyt ti'n iawn? Roeddet ti'n sâl ... ac yn gwrthod siarad efo fi.'

'Ydw,' meddai Hywyn 8, braidd yn ansicr. Roedd ei freichiau'n dal i losgi'n annifyr a'r cur yn llechu yn rhywle y tu ôl i'w lygaid. Ond yn waeth na'r cyfan, roedd ei geg yn sych grimp a'i stumog yn gweiddi am fwyd.

Edrychodd Hunydd tua cheg y twnnel a rhoes sgrech fach syn. 'Yli, Hywyn 8, dydi'r golau ddim 'run fath!'

Brysiodd y ddau tua'r agoriad. Roedd pelen euraid yr haul wedi mynd, a'i gwres ofnadwy hefyd.

Roedd y gwagedd uwchben yn dywyll. Roedd pelen oeraidd, ddisglair yn nofio ynddo ac o'i chwmpas roedd cannoedd o smotiau bychain disglair eraill. Dechreuodd y ddau deimlo'n annifyr ofnadwy wrth edrych arnyn nhw. Fel petai'r cyfan am ddisgyn ar eu pennau unrhyw funud.

'Paid â sbio i fyny,' cynghorodd Hywyn 8. 'Wnei di ddim teimlo'n sâl felly.'

'Dw i isio bwyd,' cwynodd Hunydd.

Ond beth oedd i'w fwyta ar yr wyneb? Doedden nhw ddim yn gwybod. Safodd y ddau y tu allan ac edrych o'u cwmpas. Roedd pob man yn fwganaidd ac yn llonydd yng ngolau'r belen oeraidd.

'Mi awn ni i archwilio dipyn bach,' penderfynodd Hywyn 8. 'Efallai gwelwn ni rywun.'

Brathodd Hunydd ei gwefus heb ddweud dim. Roedd yn anodd ganddi gredu bod neb yn byw ar yr wyneb.

Cychwynnodd y ddau'n araf ac yn ofnus. Roedd pobman mor wahanol i'r Ddinas gyfarwydd. Yno, byddai goleuadau'r coridorau mawr yn isel gyffyrddus bob amser, a'r waliau'n ddiogel a chlòs. Ac mi fyddai 'na bobl yno. Miloedd ar filoedd ohonyn nhw.

Ond yma doedd 'na ddim ond gwagedd mawr a tho rhyfedd ymhell bell uwch eu pennau. Ac roedd y lle'n llawn o bethau dieithr. Pethau doedden nhw erioed wedi'u gweld nhw o'r blaen er bod Hywyn 8 yn cofio gweld lluniau rhai yn yr enseiclopidia. Ac er eu bod bron â llwgu, roedd arnyn nhw ormod o ofn mentro ymhell o ddiogelwch y twnnel.

'Glaswellt ydi'r carped 'ma,' meddai Hywyn 8 yn wybodus.

'Ond i be mae o'n dda?' holodd Hunydd.

'Wn i ddim,' cyfaddefodd Hywyn 8. 'A choeden ydi nacw,' meddai wedyn.

Ond wyddai o ddim i beth roedd honno'n dda chwaith.

Cerddodd y ddau ymlaen yn araf. Yna clywson nhw sŵn byrlymu isel, fel dŵr yn tincian o dap. 'Gwranda!' meddai Hunydd gan afael yn ei fraich. 'Dŵr ydi o? Tap?'

Prysurodd y ddau ymlaen yn llawn gobaith. Yna safon nhw'n sydyn. Nid tap oedd yno, ond dŵr yn llifo'n llinyn llydan rhyfedd wrth eu traed. Doedd 'run o'r ddau wedi gweld cymaint o ddŵr o'r blaen.

Disgynnon nhw ar eu gliniau a chwpanu'u dwylo i yfed ac yfed yn awchus. Roedd y dŵr yn oer a ffres ... mor wahanol i ddŵr prin y Ddinas, a blas wedi llwydo arno.

Ar ôl torri eu syched aeth y ddau ar eu cwrcwd ac edrych ar ei gilydd yng ngolau'r belen oeraidd. Gwenodd Hywyn 8.

'Mae dy wyneb di'n faw i gyd,' meddai. 'Pwy welodd Wyliwr efo wyneb budr?'

'Dwyt ti'n fawr gwell,' meddai Hunydd yn swta a thasgu llond llaw o ddŵr am ei ben. 'Mae angen molchi arnat titha hefyd.'

'Hei!' gwaeddodd Hywyn 8. 'Molcha dy hun.'

'A titha.'

Yn fuan roedden nhw'n gweiddi a chwerthin a thasgu

dŵr, heb gofio dim mai ar yr wyneb oedden nhw nac am yr ofn roedd ddau yn ei deimlo wrth fod yn y gwagedd mawr am y tro cyntaf .

'Ond be gawn ni i'w fwyta?' holodd Hunydd.

'Be wn i?' atebodd Hywyn 8. 'Rhaid inni chwilio, bydd?'

'Y chdi oedd isio dŵad,' meddai Hunydd yn flin. 'Ffŵl!'

'Rwyt titha'n ffŵl hefyd,' meddai Hywyn 8 yn bigog. 'Dos yn d'ôl i wynebu'r Gwarchodwr, 'ta.' Yna arhosodd y ddau ac edrych ar ei gilydd. Beth oedd iws ffraeo?

'Ffrindia?' holodd Hywyn 8.

Nodiodd Hunydd yn gyndyn braidd. 'Ffrindia,' cytunodd.

Crwydrodd y ddau ymlaen yn araf. Beth oedd yna i'w fwyta ar yr wyneb? Ceisiodd Hywyn 8 gofio'r hyn a ddarllenodd yn yr enseiclopidia am fwyd. Ond roedd o'n methu.

Cyrhaeddon nhw gwr y goedwig. Roedd cysgodion tywyll o dan y coed a siffrwd isel yr awel yn y dail. Yn union fel pe bai rhywun yn siarad yn ddistaw bach. Closiodd y ddau at ei gilydd yn ofnus. Oedd rhywun yn eu gwylio ac yn paratoi i neidio allan arnyn nhw?

'Oes rhywun yna?' holodd Hywyn 8 mewn llais gwichlyd braidd. Chafodd o ddim ateb.

'Hywyn 8 a Hunydd sy 'ma,' mentrodd Hunydd. 'Wnewch chi ein helpu ni, plis?'

Ond doedd dim i'w glywed ond y siffrwd ysgafn o hyd. 'Wyt ti'n meddwl bod rhywun yna mewn difri?' holodd

Hunydd gan afael yn dynn ym mraich Hywyn 8.

'Aww!' meddai hwnnw wrth deimlo'r boen yn ei groen llosg. 'Cymera ofal.'

'Be wn i?' meddai wedyn. 'Does neb yn ateb, nac oes?' Safodd y ddau yno heb ddim syniad beth i'w wneud nesaf.

Yna sylwodd Hywyn 8 ar lwyn mieri cyfagos. Roedd trwch o lympiau duon arno. Cynhyrfodd ei du mewn wrth gofio ei fod wedi gweld darlun tebyg iddyn nhw yn yr enseiclopidia.

Ceisiodd gofio'r enw. Beth oedd o hefyd? Rhywbeth yn dechrau efo 'M'. Mwyar! Mwyar duon! Dyna fo! Ac mi roedden nhw'n ddiogel i'w bwyta hefyd .

'Mwyar duon ydi'r rhain,' meddai wrth Hunydd. 'Mi fedrwn ni eu bwyta nhw.'

'Wyt ti'n siŵr?' holodd Hunydd. 'Efallai eu bod nhw'n llawn gwenwyn.'

'Twt! Roedd yr enseiclopidia'n deud eu bod nhw'n iawn,' meddai Hywyn 8.

Mentrodd roi un yn ei geg a'i brathu'n ofalus. Gorweddai'n felys yn ei geg. Brathodd eto a theimlodd y sudd yn rhedeg ar ei dafod.

'Mae'n iawn,' meddai. Tynnodd ei wregys. 'Yli, mi gasglwn ni rai yn hwn a mynd â nhw'n ôl i'r twnnel.'

Casglodd y ddau bentwr o'r mwyar a'u rhoi yn y gwregys, cyn troi'n ôl am yr agoriad.

'Mae'r rhain yn flasus,' meddai Hunydd gan stwffio dyrnaid i'w cheg. 'Ond mae isio lot ohonyn nhw i lenwi'n boliau, yn does?'

Roedden nhw yng ngolwg yr agoriad pan ddiflannodd y belen oeraidd yn sydyn y tu ôl i gwmwl.

Edrychodd y ddau i fyny'n ofnus.

'Mae rhywbeth wedi'i llyncu hi,' meddai Hunydd. 'Dydyn nhw ddim isio i ni weld dim.'

Daeth yr un ofn i feddwl y ddau. Beth petai rhywbeth yn neidio arnyn nhw o'r tywyllwch? I ffwrdd â nhw, nerth eu traed am y twnnel. Erbyn iddyn nhw gyrraedd, roedd y belen oeraidd yn hwylio'n braf uwchben unwaith eto, ond doedd yr un o'r ddau am fentro allan eto. Ddim a hwythau wedi casglu digon o fwyar i'w bwyta yn niogelwch y twnnel.

Ond roedd yn rhaid mentro allan fore trannoeth, er bod y belen aur grasboeth yn ôl uwchben. 'Rhaid gwisgo'n gwregysau,' meddai Hywyn 8. 'Mae'r belen yn ddigon poeth i losgi croen.'

Roedden nhw wedi arfer ychydig bach efo lle mor fawr ac agored erbyn hyn, er nad oedden nhw'n hollol hapus y tu allan, chwaith. Ond wrth ofalu peidio ag edrych i fyny'n rhy aml roedden nhw'n teimlo'n fwy cartrefol.

'Beth am nôl rhagor o fwyar?' meddai Hunydd. 'A mynd i gael diod arall o ddŵr hefyd.'

Teimlai Hywyn 8 mai y fo ddylai gwneud y penderfyniadau. Wel, y fo oedd wedi chwilio am yr wyneb, 'te? A fo oedd eisiau cyfarfod y Meilyr hwnnw hefyd.

'O ... dwn i ddim,' meddai'n ddidaro. 'Mi fyddwn ni'n siŵr o gael hyd i rywbeth arall i'w fwyta.'

'Fel be?' gofynnodd Hunydd.

'Wel ... dw i ddim yn gwbod, nac'dw?' meddai Hywyn 8. 'Dydyn ni ddim wedi chwilio eto.'

Agorodd Hunydd ei cheg i ddadlau, yna caeodd hi'n glep. Roedd wyneb Hywyn yn rhy flin i wneud iddi deimlo fel dadlau rhyw lawer.

Roedd yr haul yn grasboeth uwchben ac yn fuan roedd y ddau'n cwyno efo cur yn eu pennau a llosg haul ar eu croen. Ac yn waeth na'r cyfan, roedd eu hamrannau wedi chwyddo'n boenus. Symudodd y ddau'n ddiolchgar i'r cysgodion o dan y coed.

Doedd y gwres ddim mor ofnadwy yn y fan honno. Disgynnodd Hunydd yn sypyn ar y glaswellt. Byddai'n dda ganddi fod yn ôl yn y Ddinas a bod yn Wyliwr pwysig unwaith eto. Yno byddai'r bobl yn symud o'r neilltu iddi a'r robotiaid yn gwneud popeth a orchmynnai. Fyddai dim angen iddi gerdded a cherdded mewn gwres llethol, a byddai ganddi ddigon i'w fwyta bob amser. Ochneidiodd. Roedd ei thraed yn brifo, ei llygaid yn boenus a'i chroen yn llosgi'n annifyr.

'Ty'd inni eistedd am ychydig bach, Hywyn 8,' meddai. 'Be 'di iws cerdded a cherdded heb wybod i ble rydyn ni'n mynd?'

Roedd Hywyn 8 yn ddigon parod i eistedd hefyd, er nad oedd o am gyfaddef hynny wrth Hunydd. Roedd bachgen cyffredin yn fwy 'tebol na Gwyliwr unrhyw ddiwrnod, yn doedd?

'Os wyt ti wedi blino,' meddai.

Cysgododd ei lygaid a'i fysedd. Mor wag yr edrychai pobman! Fel pe bai neb o gwbl yn byw ar yr wyneb. Dechreuodd boeni. Tybed ai stori wneud oedd yr hanes am yr Hywyn cyntaf hwnnw a Meilyr? Efallai na fuo 'na neb erioed yn byw ar yr wyneb. Ond beth am y lluniau yn yr enseiclopidia?

Eisteddodd y ddau yno'n ddigalon. Edrychodd Hunydd ar y rhyfeddodau o'i chwmpas. Coed oedd y pethau mawr tal 'ma, meddai Hywyn 8. Roedd yn braf yma yn eu cysgod efo'r awel yn ysgafn ar ei chroen a'r glaswellt mor gyffyrddus i eistedd arno. Roedd bron yn well na bod yn y Ddinas, cyfaddefodd wrthi'i hun. Ond fod pobman mor wag a ... a mawr! Doedd 'na neb ond y nhw ill dau yma ... roedd hynny'n ofnadwy o unig ... ac annifyr ... ac yn codi ofn arni.

Yn sydyn daeth sŵn dychrynllyd o'r tu ôl iddyn nhw. Sŵn rhochian a sgrechian. Gafaelodd y ddau yn nwylo'i gilydd a throi'n ofnus. Symudai cenfaint o greaduriaid rhyfedd o dan y coed. Roedd eu crwyn yn frown a chrebachlyd. Roedd ganddyn nhw drwynau hir a dannedd miniog, a llygaid bychain milain.

'B-be y-ydyn n-nhw?' meddai Hunydd yn grynedig.

Ond roedd gormod o ofn ar Hywyn 8 i feddwl am ateb, a doedd ganddo ddim syniad p'run bynnag.

Yna fe glywson nhw fwy o rochian ar y dde iddyn nhw a daeth rhagor o'r creaduriaid i'r amlwg. Roedden nhw'n tyrchu â'u trwynau yma ac acw, ac roedd criw o rai bach gwichlyd wrth eu traed.

Rhewodd y ddau yn eu hunfan heb ddweud gair. Efallai na fyddai'r creaduriaid yn eu gweld. Daliodd y ddau eu hanadl. Symudodd yr anifeiliaid yn araf heibio iddyn nhw. Yna, pan oedden nhw bron â diflannu, fe ddaeth wwsh! sydyn a gwibiodd rhywbeth main, chwim trwy'r awyr. Y munud nesaf roedd un o'r creaduriaid bach yn gorwedd yn gorff llonydd o dan y coed. Roedd pren tenau, gyda darnau ysgafn bob lliw ar un pen iddo, yn sownd yn ei wddf.

Diflannodd y creaduriaid gan wichian ar dop eu lleisiau wrth i fachgen brown ei groen redeg tuag at y corff. Tynnodd y pren o wddf y creadur. Yna gafaelodd mewn cyllell a grogai wrth ei wregys a'i tharo yng ngwddf y creadur nes i'r gwaed lifo fel afon.

Cododd y bachgen ar ei draed ac edrych i gyfeiriad Hunydd a Hywyn 8. Roedd ei ddannedd yn wyn llachar yn ei wyneb brown, ond roedd ei lygaid yn wyn rhyfedd hefyd. Fel pe bai ganddo amrant ychwanegol i'w gwarchod rhag pelydrau'r haul.

Syllodd y tri ar ei gilydd am eiliadau hir heb ddweud gair.

Yna plygodd y bachgen i sychu'r gyllell ar y glaswellt, ac estynnodd hi, y carn yn gyntaf, tuag atyn nhw. 'Tathal,' meddai gan bwyntio ato'i hun. 'Tathal ydw i.'

'Hywyn 8,' meddai Hywyn 8. 'A Hunydd.'

'Un o'r Gwylwyr,' meddai Hunydd gyda balchder yn llenwi'i llais.

Crychodd y bachgen ei lygaid. 'Un o'r ... Gwylwyr?' gofynnodd yn ddryslyd.

Gwridodd Hunydd. Am ffŵl o fachgen! Roedd pawb yn gwybod am y Gwylwyr, siŵr iawn!

Syllodd y bachgen arnyn nhw eto. Gwelodd y crwyn gwyn a'r amrannau chwyddedig wedi'u llosgi gan yr haul, a gwelodd eu dillad od yn llwch ac yn faw i gyd.

Roedden nhw mor wahanol i'w ddillad ef ... y trowsus cwta, y crys a'i fotymau ar agor, y sandalau lledr esmwyth a wisgai am ei draed a'r het cantel llydan a oedd am ei ben. Ysgydwodd ei ben mewn penbleth.

'O ble y daethoch chi?' holodd.

'O'r Ddinas,' meddai Hywyn 8. 'Y Ddinas o dan y ddaear. Wedi dianc rydyn ni ... i chwilio am y Meilyr hwnnw sy'n disgwyl er amser yr Hywyn cyntaf un.'

Lledaenodd syndod tros wyneb Tathal.

'Meilyr Henwr?' gofynnodd yn syn. Craffodd arnyn nhw eto, yna nodiodd. 'Dewch,' meddai'n sydyn gan godi'r corff gwaedlyd a'i daro dros ei ysgwydd. Trodd a chychwyn yn gyflym o dan y coed.

'Aros!' galwodd Hywyn 8. 'Fedrwn ni ddim rhedeg. Mae hi'n boeth ... ac mae'n traed ni'n brifo ... ac mae'r belen grasboeth 'na uwchben yn ein gneud ni'n sâl.'

'Yr haul?' Roedd syndod ar wyneb Tathal. 'Ond mae'r haul yna bob amser.'

'Ddim yn y Ddinas,' meddai Hunydd.

Roedd syndod ar wyneb Tathal eto. 'Dim haul? Be sy 'na felly?'

Gwgodd Hunydd. 'Goleuadau ... a choridorau anferth ... a robotiaid ... a bywyd braf o dan y ddaear,' meddai'n ffroenuchel.

'Braf i rai,' meddai Hywyn 8 o dan ei wynt.

Ysgydwodd Tathal ei ben fel pe bai'n methu coelio. 'Dowch,' meddai eto a chychwyn yn arafach y tro hwn.

'Ble 'dan ni'n mynd?' holodd Hunydd.

‘I’r pentre, siŵr iawn,’ meddai Tathal.

‘Pentre? Be ’di hwnnw?’ holodd Hunydd gan geisio cerdded yr un mor gyflym â Tathal.

‘Pentre ydi ... wel, pentre, ’te?’ atebodd Tathal.

Edrychodd Hywyn 8 a Hunydd ar ei gilydd yn syn. Beth oedd pentre, tybed? ‘Be wyt ti am ei neud efo’r creadur ’na?’ holodd Hywyn 8 o’r diwedd.

‘Ei fwyta fo, siŵr iawn,’ atebodd Tathal yn ddidaro.

‘Ei fwyta fo? Ond roedd o’n fyw!’

‘Pa ots? Mae o wedi’i ladd rŵan, ’tydi?’ oedd yr ateb.

Edrychodd Hywyn 8 a Hunydd ar ei gilydd. Roedd yr un syndod ym meddwl y ddau. Sut le oedd ’na ar yr wyneb mewn difri pan oedd pobl yn lladd creaduriaid eraill er mwyn eu bwyta nhw?

O’r diwedd cyrhaeddodd y tri ben draw’r coed a dod allan i le mawr, agored. Roedd nifer o fythynnod cerrig yno a’r mwg yn codi’n llinynnau araf o’u cyrn. Roedd yno sgwariau o gaeau wedi’u hamgylchynu a waliau cerrig, a dynion yn gweithio ynddyn nhw. Doedd Hywyn 8 na Hunydd erioed wedi gweld dim byd tebyg o’r blaen.

‘Y pentre,’ meddai Tathal.

Roedd pob math o greaduriaid o bob maint i’w gweld o gwmpas y lle. Gofalodd Hywyn 8 a Hunydd gadw’n glòs wrth ochr Tathal rhag ofn bod y creaduriaid rhyfedd yn beryglus.

‘Be ’di hwnna?’ holodd Hywyn 8 gan bwyntio at anifail a oedd yn pori’n braf yn y cae.

‘Buwch,’ meddai Tathal.

‘Buwch?’ holodd Hywyn 8. ‘I be mae hi’n dda felly?’

‘I gael llefrith ganddi, siŵr iawn.’

‘Llefrith?’ Teimlai Hywyn 8 yn rêl ffŵl yn ailadrodd o hyd.

‘Diod i’w hyfed, ’te?’ meddai Tathal yn ddiamynedd.

‘Diod?’ Chwiliodd Hywyn 8 yn ofer am wydrau neu botel neu dap yn perthyn i’r fuwch. Ond doedd ’na ddim. Dim ond pethau crwn byrion yn crogi’n lympiau oddi tani. Efallai mai troi'r rheiny fel tap oeddech chi, cysurodd Hywyn 8 ei hun, a chael y ddiod ryfedd, llefrith, allan ohonyn nhw.

Cwpanodd Tathal ei geg a'i ddwylo a gwaeddodd ar dop ei lais, 'Hel-ôô-ôô! Hel-ôô-ôô! Dieithriaid! Dieithriaid i'r pentre!'

Wrth ei glywed yn galw rhoddodd y dynion y gorau i'w gwaith ar unwaith a throi i edrych tuag atyn nhw. Daeth pobl eraill i ddrysau'r tai i weld.

'Hel-ôô-ôô! Dieithriaid!' galwodd Tathal eto.

Yna arweiniodd nhw tuag at sgwâr y pentre. Yn fuan roedd criw o bobl wedi hel o'u cwmpas. Roedden nhw'n astudio'r dieithriaid o'u corun i'w sawdl ... ac yn ôl eto. Roedd syndod ar eu hwynebau wrth weld eu croen gwyn a'u dillad rhyfedd. Roedd syndod ar wynebau Hywyn 8 a Hunydd hefyd. Pam oedd gan bawb amrant fel croen swigen yn disgyn i guddio'u llygaid, a'u crwyn yn frown? Crychodd y ddau eu trwynau.

Roedd arogl rhyfedd yn y pentre ... ac ar y bobl hefyd. Arogl lledr a mwg, ac arogl diflas y baw a roddwyd yn domen fawr o flaen cytiau isel gerllaw.

'Ble gest ti nhw, Tathal?' holodd un o'r dynion gan dynnu'i het a chrafu'i ben yn ddryslyd. 'O wlad bell?'

'Wedi dianc o'r Ddinas rydyn ni,' meddai Hywyn 8.

'Y Ddinas?' Symudodd y dorf yn ansicr. Yna dechreuodd un chwerthin. Lledaenodd y si isel trwy'r dorf.

'Y Ddinas? Dydi hi ddim yn bod. Hen stori ydi hi,' meddai un arall gan wenu.

'Mae hi'n wir,' mynnodd Hunydd. Safodd yn syth. 'Un o'r Gwylwyr ydw i.' Teimlodd yn siomedig wrth iddi sylweddoli nad oedd hynny'n golygu dim i bobl y pentre.

'Hywyn 8 ydw i,' meddai Hywyn 8 eto. 'Wedi dŵad i chwilio am Meilyr. Hwnnw ddaru'r Hywyn cyntaf un aberthu'i ryddid er mwyn ei achub. Mi fuo'n rhaid iddo adael Sam ei gi ar ôl hefyd.'

Distawodd y chwerthin a dechreuodd rhai o'r dorf nodio'u pennau.

'Dyna un o storïau Meilyr Henwr,' medden nhw. 'Efallai'u bod nhw'n deud y gwir wedi'r cyfan. Edrychwch ar eu crwyn nhw. Dydyn nhw ddim wedi gweld haul erioed.'

'Ac mae'r Henwr wedi adrodd y stori ganwaith,' meddai un arall. 'Y stori am Hywyn arall yn dod yn ôl ryw ddiwrnod. Rhaid inni anfon ato ar unwaith.'

Cododd murmur o leisiau wrth i bawb gytuno.

'Rhaid galw pawb at ei gilydd heno,' meddai un. 'Fe gaiff Meilyr Henwr benderfynu a yw eu stori'n wir ai peidio.'

'Wrth gwrs ei bod hi'n wir,' mynnodd Hunydd eto. Sut allai neb amau Gwyliwr?

'Mae croeso ichi yma, beth bynnag yw eich stori,' meddai un o'r gwragedd.

Cytunodd y dorf.

'Dewch efo mi i folchi a bwyta,' meddai'r wraig eto. 'Tathal ddaeth â chi yma, felly yng nghartre Tathal y cewch chi groeso.' Trodd at Tathal. 'Ty'd dithau hefyd,' gorchmynnodd.

'Be wna i efo hwn, Mam?' holodd Tathal gan wenu. 'Swper heno?'

Llyncodd Hywyn 8 a Hunydd boer. Doedd o 'rioed yn disgwyl iddyn nhw fwyta'r corff gwaedlyd? Dechreuodd eu stumogau droi'n annifyr, a gofalodd y ddau beidio â sbio ar y corff a oedd yn gorwedd mor llipa dros ysgwydd Tathal.

Roedd cartre Tathal yn fychan a chyffyrddus ... ond yn ofnadwy o boeth. Llosgai tân mewn grât fach yng nghornel y stafell a chrogai tegell mawr du uwch ei ben. Edrychodd Hywyn 8 a Hunydd o'u cwmpas yn syn. Doedden nhw ddim wedi gweld tegell na thân erioed o'r blaen, na sosbenni'n crogi'n rhes unionsyth ar y wal, chwaith. Byddai popeth wedi'i baratoi'n gymysgedd parod yn y Ddinas, a phob pryd yn edrych ac yn blasu'r un fath, yn lwmp llwyd ar y plât ... heblaw'r ffrwythau ardderchog y bydden nhw'n eu cael ar ddiwrnod Moliant y Ddinas, wrth gwrs.

'Estyn ddŵr a sebon, Tathal,' gorchmynnodd ei fam. 'Gora po gynta iddyn nhw gael gwared â'r dillad budr 'na. A chael tamaid yn eu boliau hefyd. Mae golwg bron â llwgu arnyn nhw.'

Teimlai'r ddau yn well o lawer ar ôl cael molchi. Ond roedd y dillad gawson nhw'u benthyg yn teimlo'n gras ac yn annifyr ar eu crwyn, ac roedd y llosg haul yn brifo nes bron â'u gyrru'n wallgo.

'Rhowch hwn ar y llosg,' gorchmynnodd mam Tathal. 'Mi deimlith yn well ar unwaith. Ond dim ond ychydig ar eich amrannau, cofiwch.'

Trodd i estyn platiau a'u dodi ar y bwrdd. Gafaelodd mewn cyllell fawr. Edrychodd y ddau'n ofnus arni. Beth oedd hi am ei wneud efo'r gyllell? Lladd creadur arall?

Ond gafael mewn lwmpyn crwn a chroen brown arno ddaru hi, a dechrau ei sleisio'n dafellau tenau. Yna taenodd rywbeth melyn meddal ar y tafellau a'u rhoi ar y platiau. Estynnodd lestr pridd a rhywbeth euraid ynddo.

'Bara menyn a mêl,' meddai. 'Mi lenwith hwnna'ch boliau chi tan amser swper.' Edrychodd Hywyn 8 a Hunydd ar y tafellau. Beth oedd eisiau'i wneud efo nhw a'r mêl? Ond, wrth gwrs, roedd Tathal yn gwybod beth i'w wneud. Chwarddodd wrth weld eu hwynebau ansicr a rhoes winc ar Hunydd. Yna taenodd y mêl yn dew ar dafell a dechreuodd ei bwyta'n awchus. Mentrodd Hunydd a Hywyn 8 wneud 'run fath. Ac wedi'r tamaid bendigedig cyntaf, doedd yna ddim dal arnyn nhw. Bwytaodd y ddau nes roedden nhw'n methu chwythu, bron.

'Ia ... wel, mi ddaliwch heb lwgu tan heno,' meddai mam Tathal gan estyn hetiau cantel llydan i'r ddau. 'Dos i ddangos y pentre iddyn nhw, Tathal. Mi fyddan yn gwybod lle mae pobman wedyn. A phaid â'u cadw nhw allan yn yr haul yn rhy hir.'

Dilynodd y ddau Tathal wrth iddo'u harwain yma ac acw, gan geisio egluro beth oedd popeth iddyn nhw. 'Beudy,' meddai. 'Fan'na rydyn ni'n godro.'

'Godro?' holodd Hywyn 8.

'Cael y llefrith o'r fuwch, 'te?' meddai Tathal.

'O,' meddai Hywyn 8.

'Ieir ... i roi wyau,' meddai Tathal wedyn gan edrych ar Hywyn 8 trwy gil ei lygaid.

'Wy ...?' cychwynnodd Hywyn 8.

Yna caeodd ei geg yn glep. Roedd Tathal yn cael hwyl am ei ben, roedd o'n siŵr o hynny.

'O, ia,' meddai. 'Wrth gwrs, mae ganddon ni robotiaid i neud popeth,' broliodd. 'Does, Hunydd?'

'Oes,' meddai Hunydd.'

'Sut le ydi'r Ddinas felly?' holodd Tathal.

Edrychodd Hywyn 8 a Hunydd ar ei gilydd. Sut fedren nhw ddisgrifio'r Ddinas? 'Llawn,' meddai Hywyn 8 o'r diwedd.

'LIawn?' holodd Tathal.

'Ia, llawn o bobl. Coridorau, lot o lefelau, grisiau symudol o'r naill i'r llall. Robotiaid ... Gwylwyr ...'

'Be 'di'r rheiny?' holodd Tathal. 'Wyt ti'n un ohonyn nhw?' holodd wedyn gan edrych ar Hunydd.

'Ydw.'

'Ond dydi Hywyn 8 ddim?'

'Nac ydi.'

'Pam, 'ta?' holodd Tathal.

Ni allai Hunydd ateb. ·

'Jest ... oherwydd dydi o ddim,' meddai o'r diwedd.

Edrychodd ar Hywyn 8, a dechreuodd deimlo'n annifyr. Pam oedd hi'n Wyliwr ... a Hywyn 8 ddim, tybed?

Fe ddaeth yr hwyr cyn iddyn nhw droi, bron. Roedd 'na gymaint o bethau rhyfedd i'w gweld yn y pentre. Pethau dieithr doedd gan Hywyn 8 na Hunydd ddim syniad beth oedden nhw. Ac roedd Tathal yn cael hwyl am eu pennau, nes bod y ddau'n teimlo fel neidio arno a'i rowlio drosodd a throsodd yn y domen ddrewllyd wrth y beudy.

Ond, wrth gwrs, fedren nhw ddim gwneud peth felly, er cymaint oedden nhw'n dyheu am wneud weithiau. Gwesteion oedden nhw yn y pentre ... ac mae gwesteion yn byhafio'u hunain yn lle rhywun arall. A pheth arall, roedd Tathal yn fwy ac yn gryfach na nhw hefyd.

Ysgwyd ei ben wrth eu holi wnâi Tathal.

'Mae'n rhaid bod 'na le od yn y Ddinas,' meddai. 'Dim haul ... na choed ... nac awyr ... na blodau ... a phawb yn sathru traed ei gilydd.'

Ond roedd yr wyneb ... a'r pentre ... a'r bobl ... a'r anifeiliaid yr un mor od i Hunydd a Hywyn 8 hefyd. Fin nos, aethon nhw gyda Tathal i'r neuadd. Roedd y lle'n orlawn, a phawb yn disgwyl amdanyn nhw.

Dringodd Tathal gyda nhw i'r llwyfan. Yno eisteddai hen ŵr a gwallt gwyn at ei sgwyddau, a llygaid miniog llwydion o dan ei het garpiog.

Gafaelai ei ddwylo esgyrnog mewn ffon a'i bagl wedi'i cherfio â phennau anifeiliaid, a gorweddai ci du a gwyn wrth ei draed.

'Dyma Hywyn 8 a Hunydd, Meilyr Henwr,' meddai Tathal gan arwain y ddau ato.

Ddywedodd Meilyr Henwr 'run gair, dim ond edrych arnyn nhw am eiliadau hir. Yna pwyntiodd â'i ffon at gadeiriau a ddodwyd ychydig i'r ochr o'i flaen. Distawodd y gynulleidfa.

Dechreuodd Hywyn 8 a Hunydd deimlo'n annifyr wrth i bawb ddisgwyl am ymateb yr Henwr. Oedd eisiau iddyn nhw ddweud rhywbeth? Egluro sut ddaethon nhw yma, efallai ... a pham?

Yna, yn sydyn, cliriodd Meilyr Henwr ei wddf yn swnllyd.

Anelodd ei ffon yr un mor sydyn i gyfeiriad Hywyn 8 nes y bu bron iddo sboncio o'i gadair. 'Croeso i chi i bentre Llyswyn,' meddai mewn llais uchel. 'Rydyn ni'n barod i wrando ar eich stori.' Aeth ceg Hywyn 8 yn sych grimp ac edrychodd yn wyllt i gyfeiriad Hunydd.

'Y chdi ... ddim y hi,' meddai'r Henwr. 'Fe ddaw ei chyfle hi eto.'

'Y ... y ... wel,' dechreuodd Hywyn 8 yn gloff, heb wybod yn iawn lle i ddechrau. 'Darllen y llyfrau sydd wedi'u cuddio gan ein teulu ni wnes i ... er nad oes gan neb hawl i ddarllen yn y Ddinas.'

Aeth si a syndod drwy'r gynulleidfa ac edrychodd pawb ar ei gilydd. Neb â hawl i ddarllen?

'Roedd 'na ddarluniau o'r wyneb ynddyn nhw. Ac mi fuo Taid yn adrodd y stori ddaru ei daid o ei deud wrtho fo. Am yr Hywyn cyntaf un ... a Meilyr ... a Sam, y ci. Ac mi roeddwn i isio chwilio am yr wyneb ... ond fiw imi ofyn i neb rhag ofn i'r robotiaid a'r Gwylwyr gael gwybod.'

Robotiaid? Gwylwyr? Aeth si arall trwy'r gynulleidfa.

'Ac mi ddaru Hunydd fy helpu i, er mai Gwyliwr ydi hi, a dydi hithau ddim yn medru darllen chwaith, achos does 'na neb i fod yn berchen llyfr. A dim ond y fi oedd yn gallu darllen yr hen ddogfennau oedd yn sôn am yr hatsh i ddianc drwyddi ... ond mi roedd y Gwarchodwr yno ... a chael a chael wnaethon ni i ddianc.'

Syllai Meilyr Henwr ar y bachgen. Yna nodiodd cyn troi at Hunydd. 'A beth amdanat ti?' holodd. 'Beth ydi dy stori di?'

'Helpu Hywyn 8 wnes i,' meddai Hunydd.

Torrodd Meilyr Henwr ar ei thraws. 'Pam?' gofynnodd.

Edrychodd Hunydd yn syn arno. Pam? Wel am ... ysgydwodd ei phen. Doedd hi ddim yn gwybod, yn nac oedd? 'Wn i ddim,' meddai. 'Rhywbeth i'w neud, am wn i. Rhywbeth gwahanol.'

Nodiodd Meilyr Henwr ac amneidio arni i fynd yn ei blaen.

'Wel ... Gwyliwr ydw i,' meddai Hunydd. 'Un o bobl bwysicaf y Ddinas.'

'Felly,' meddai Meilyr Henwr. 'A pham ydych chi'r Gwylwyr mor bwysig?'

Am gwestiwn dwl, meddyliodd Hunydd. Roedd pawb yn gwybod bod y Gwylwyr yn bwysig. Doedd dim angen gofyn pam, yn nac oedd?

'Ni sy'n rheoli'r Ddinas,' eglurodd Hunydd. 'Yn trefnu Diwrnod y Moliant, a phethau felly a – ac yn rhoi ffrwythau i'r bobl ... ac yn gofalu eu bod nhw'n gweithio ac yn byhafio'u hunain.'

'Ac yn eu rhwystro nhw rhag darllen,' meddai Meilyr Henwr.

'Does neb yn darllen,' meddai Hunydd. 'Dydi llyfrau'n dda i ddim.'

'Tybed?' meddai Meilyr Henwr. 'A sut fyddech chi wedi dod o hyd i'r hatsh oni bai fod Hywyn 8 yn medru darllen, sgwn i? Mae pawb yn medru darllen yn y pentre yma, Hunydd, ac os wyt ti am aros, mi fydd yn rhaid i titha ddysgu hefyd.'

Neidiodd Hywyn 8 ar ei draed. 'Gawn ni aros? Gawn ni, wir? Plis!'

'Nid fi sy'n penderfynu ... ond pawb,' meddai Meilyr Henwr. 'Ond cyn iddyn nhw benderfynu, mi adrodda i stori'r aberth. Aberth yr Hywyn cyntaf hwnnw a adawodd yr wyneb am byth, er mwyn i'w ffrind gael rhyddid.'

Trodd at y gynulleidfa, a dechreuodd adrodd y stori.

Dywedodd fod teulu Hywyn yn awyddus i fynd i'r Ddinas, ond bod teulu Meilyr yn anfodlon, ac am guddio fel nad oedden nhw'n cael eu gorfodi i adael yr wyneb am byth.

Adroddodd am gariad Hywyn tuag at ei gi, Sam, a dweud mor ddigalon oedd o am nad oedd yr un anifail yn cael mynd i'r Ddinas. Dywedodd am benderfyniad Hywyn i aros, waeth beth oedd penderfyniad ei deulu, ac am y ffordd yr oedd Meilyr wedi'i helpu i guddio yn seler yr hen eglwys gyda Sam.

Yna gostyngodd ei lais wrth iddo adrodd hanes Meilyr a Hywyn yn chwerthin a dawnsio'n braf ymhen wythnosau wedyn gan feddwl eu bod nhw'n berffaith ddiogel. Ond doedden nhw ddim. Fe ddaeth y milwyr ar eu traws ...

Petrusodd Meilyr Henwr am eiliadau hir wrth iddo edrych ar y gynulleidfa ddistaw. Yna adroddodd am y ffordd y gofalodd Hywyn mai y fo a fyddai'n cael ei ddal, gan roi cyfle i Meilyr ddianc. A'i eiriau diwethaf cyn ei aberthu'i hun oedd gofyn i'w ffrind ofalu am Sam.

'A dyma Sam arall,' meddai'r Henwr gan blygu i fwytho'r ci wrth ei draed. 'Un o ddisgynyddion y Sam cyntaf hwnnw. Mae pob Meilyr ar hyd y blynyddoedd wedi gofalu am gi o'r enw Sam.'

Trodd at y gynulleidfa unwaith eto.

'Rŵan,' meddai. 'Mae 'na Hywyn arall wedi dod ... Hywyn 8. Beth ydi barn y pentrefwyr? Gaiff o aros gyda ni? Y fo a'i ffrind, Hunydd? Gân nhw aros yma a rhannu ein bywyd a'n gwaith, er mor wahanol ydyn nhw i fywyd yn y Ddinas?'

'Aros!' gwaeddodd y gynulleidfa gan godi ar eu traed a chwifio'u dwylo. 'Gadewch iddyn nhw aros yma gyda ni!'

Aeth wythnosau heibio. Roedd Hunydd a Hywyn 8 wedi hen gynefino â bod ar yr wyneb erbyn hyn. Roedden nhw wedi arfer efo'r haul yn belen anferth yn y gwagedd mawr uwchben, ac wedi peidio â theimlo'n sâl wrth edrych i fyny arno. Ac roedden nhw wedi dysgu gwisgo dillad arbennig i'w diogelu rhag y gwres, a sbectol bwrpasol hefyd i warchod eu llygaid gan eu bod nhw heb amrant ychwanegol fel pawb arall.

Roedden nhw wrth eu bodd yn rhedeg ac yn chwarae gyda Sam.

'Y ti piau fo bellach,' meddai Meilyr Henwr wrth Hywyn 8 un diwrnod. 'Mae hynny'n deg, 'tydi, wrth gofio mai ci Hywyn oedd y Sam cyntaf hwnnw ers talwm.'

Lapiodd Hywyn 8 ei freichiau am wddf Sam a chuddio'i wyneb yn falch yn ei gôt ddu a gwyn.

Dechreuodd Sam lyfu a llyfu ei wyneb efo'i dafod gwlyb cynnes nes i Hywyn 8 a Hunydd eu taflu eu hunain ar lawr gan chwerthin.

'Wyt ti'n hapus yma?' holodd Hywyn 8 wrthi.

'Ydw, siŵr,' meddai Hunydd.

Roedd hi'n braf cael teimlo'r glaswellt yn boeth grimp o dan ei thraed a gwylio brigau'r coed yn siglo'n ddioglyd yn yr awel. Roedd hi wrth ei bodd yn cael gweithio yn y caeau efo Tathal a'r ddau'n rhedeg am y cyntaf wedyn i oeri'u traed yn nŵr yr afon fach.

Roedd Hywyn 8 a hithau'n mwynhau pob munud o'r diwrnod prysur, yn godro'r fuwch a bwydo'r moch a chasglu'r defaid gyda Sam. Ond yn fwy na dim, roedden nhw'n mwynhau cyrraedd yn ôl gyda'r nos wedi blino'n llwyr a bwyta swper ardderchog o fara a chaws a llysiau o flaen y tân. Ond doedden nhw ddim am fwyta cig. Fedren nhw ddim, er bod pawb yn cael hwyl am eu pennau.

'Ond mae blas ardderchog arno fo,' meddai Tathal gan chwerthin. 'Ac mae pawb yn bwyta cig.'

'Does neb yn bwyta cig yn y Ddinas,' meddai Hunydd.

'Ia, ond pam?' meddai Tathal. 'Oherwydd does dim anifeiliaid yno?'

Ac wedi swper, eisteddai pawb yn gylch i ddarllen ac adrodd storïau a chwarae gemau. Roedd Hunydd bron ag anghofio mai Gwyliwr oedd hi yn y Ddinas, ac roedd Hywyn 8 bron ag anghofio hynny hefyd.

Ond doedd o ddim wedi anghofio am ei rieni a'i daid. 'Biti na fasen nhw wedi dianc efo ni,' meddai wrth Hunydd un diwrnod.

'Mae'n iawn arnat ti,' meddai Hunydd. 'Does gen i ddim rhieni, na thaid chwaith. Does gan 'run Gwyliwr deulu.'

'Mae gan bawb rieni yn rhywle, siŵr iawn,' wfftiodd Hywyn 8.

'Dw i ddim yn eu nabod nhw,' meddai Hunydd. 'Mae'r

plant i gyd yn cael eu magu efo'i gilydd. Dyna'r unig ffordd i neud Gwyliwr go iawn.'

Ysgydwodd Hywyn 8 ei ben. Beth oedd diben bod yn Wyliwr, a chael pob peth, os nad oedd gennych chi fam a thad a thaid a nain?

Ond roedd yr hiraeth amdanyn nhw'n gwasgu arno.

Dychmygodd ei fam a'i dad a'i daid yn cael byw yn y pentre, yn mwynhau gweld y coed a'r blodau a gweithio yn awyr iach y caeau. Byddai ei daid yn cael llond gwlad o lyfrau i'w darllen, ac yn cael sgwrsio faint a fynnai efo Meilyr Henwr bob gyda'r nos. Mi fydden nhw wrth eu bodd ... a phawb arall o'r Ddinas hefyd.

'Wyt ti'n meddwl y bydden ni'n medru eu hachub nhw o'r Ddinas, Hunydd?' meddai un diwrnod. 'Dŵad â nhw allan i'r wyneb ... pawb sydd yn y Ddinas?'

'Ond beth am y Gwarchodwr?' holodd Hunydd. 'A fuasai 'run Gwyliwr am ddŵad.'

'Mi gân nhw aros ar ôl, 'ta,' meddai Hywyn 8.

'Os wyt ti am fentro, mi wna inna hefyd,' meddai Hunydd. 'Ond beth tasen ni'n cael ein dal a'n carcharu yno am byth?'

'Mi awn ni i ofyn cyngor Meilyr Henwr,' penderfynodd Hywyn 8. Roedd Meilyr Henwr yn eistedd yn yr ardd yn mwynhau gwres yr haul.

'Ydi o'n cysgu?' holodd Hunydd yn ddistaw. Doedd dim modd gwybod, â'r amrant ychwanegol dros ei lygaid.

Agorodd Meilyr Henwr ei lygaid yn araf gan wenu. 'A beth sy'n poeni chi'ch dau?' holodd.

‘Meddwl am y bobl yn y Ddinas oedden ni,’ meddai Hywyn 8. ‘Dydi o ddim yn deg eu bod nhw mewn hen le annifyr o dan y ddaear heb weld haul a choed a blodau, yn nac ydi? Heb gyfle i wybod dim am yr wyneb.’

Edrychodd Meilyr Henwr o’r naill i’r llall. ‘Nac ydi, wir,’ cytunodd.

‘Wel ... mae Hunydd a fi am fynd i’w hachub nhw,’ meddai Hywyn 8. Llyncodd ei boer yn sydyn a gafaelodd yn dynn yn llaw Hunydd. Roedd arno ofn wrth feddwl am gael ei lyncu’n ôl i goridorau mawr y Ddinas a gorfod wynebu’r robotiaid a’r Gwylwyr unwaith eto. Ond roedd o wedi penderfynu.

Nodiodd Meilyr Henwr â’i lygaid yn syllu ymhell bell. ‘Does dim angen Dinas o dan y ddaear erbyn hyn,’ meddai.

‘Does dim peiriannau i lygru’r amgylchedd, na chemegau i ddifetha popeth, chwaith. Ond a ydi pobl y Ddinas yn barod i dderbyn bywyd newydd? Bywyd heb beiriannau a diogelwch clòs y Ddinas?’

‘Mi fydd Mam a Dad a Taid yn fodlon,’ meddai Hywyn 8 yn bendant. ‘A digon o rai eraill hefyd, os wnân nhw beidio ag yfed y cyffur ufudd-dod.’

Ochneidiodd Meilyr Henwr.

‘Rhaid galw’r pentrefwyr cyn penderfynu,’ meddai. ‘Nid llais un sy’n cyfri, ond llais pawb.’

Roedd y neuadd yn orlawn y noson honno. Eisteddai Meilyr Henwr ar y llwyfan a Hunydd a Hywyn 8 o boptu iddo.

'Eich barn, ffrindiau,' meddai'r Henwr gan godi ar ei draed. 'Oes rhyddid i Hunydd a Hywyn 8 ddychwelyd i'r Ddinas ac achub rhagor o'r bobl?'

Dechreuodd pawb siarad ar draws ei gilydd. 'Sut bobl ydyn nhw?'

'Faint sy'n debygol o ddod?'

'Ydyn nhw'n fodlon derbyn rheolau'r pentre?'

'A beth am y Gwylwyr?'

'A'r robotiaid?'

'Fydd digon o fwyd yma i bawb?'

'A chartrefi hefyd?'

Safodd Meilyr Henwr yn ddistaw am amser hir. Yna cododd ei law i ofyn am ddistawrwydd. 'Mae 'na filoedd yn y Ddinas,' meddai. 'Ond faint ohonyn nhw fydd yn fodlon ei gadael, tybed? Mae'r Ddinas yn gartre diogel er mor gas ydi rheolau'r robotiaid a'r Gwylwyr. Ond efallai y daw ychydig ohonyn nhw i ddechrau. Ac wedi i ychydig ddod ... efallai y daw rhagor ryw ddiwrnod. Beth ydi'ch barn chi?'

Roedd Hunydd a Hywyn 8 ar bigau drain. Roedden nhw eisiau mynd ... ond yn dal yn ôl hefyd. Beth am y Gwarchodwr a lechai wrth yr hatsh? Oedd o yno o hyd? A beth petaen nhw'n cael eu dal gan y robotiaid a'u danfon i'r lefelau isaf un? Fedren nhw ddim achub neb wedyn.

Ond fedren nhw ddim aros yma'n mwynhau eu bywyd newydd chwaith ... heb roi cyfle i bobl y Ddinas gael ei flasu hefyd.

'Mi a' i efo nhw,' gwaeddodd Tathal gan neidio ar ei

draed. Ond ysgydwodd Meilyr Henwr ei ben.

'Mae dy groen di'n frown,' meddai, 'ac mae 'na amrant ychwanegol dros dy lygaid di. Mi fydd pawb yn gwybod ar unwaith mai dieithryn wyt ti. Na, rhaid i Hywyn 8 a Hunydd fentro ar eu pennau eu hunain.'

Roedd popeth yn barod. Safai Hywyn 8 a Hunydd yn eu siwtiau Gwylwyr o flaen y tân a mam Tathal yn ffysian yn brysur o'u cwmpas.

'Rŵan, ydych chi'n siŵr eich bod chi wedi cael digon i'w fwyta?' meddai. 'Brechdan fêl arall, neu ddarn bach o gaws? Teisen?'

Ond fedrai 'run o'r ddau fwyta llawer. Roedd eu calonnau'n curo ar wib wrth feddwl am fentro i lawr y twnnel tywyll unwaith eto. Ac roedd yn gas gan y ddau feddwl am eu claddu eu hunain yn y Ddinas, pan oedd haul ac awyr las a blodau a ffrindiau yn eu disgwyl uwchben. Pryd bydden nhw'n cael dychwelyd i'r wyneb, tybed? O diar! Fydden nhw byth?

'Wn i ddim, wir,' meddai mam Tathal eto. 'Rydych chi wedi tyfu'n ofnadwy er pan ddaethoch chi yma. Mae'r siwtiau 'ma'n rhy fach ichi. Ac, ylwch, Meilyr Henwr, mae'u crwyn nhw'n dechrau brownio hefyd. Dydi hi ddim yn ddiogel iddyn nhw fentro i lawr yna. Gwell anghofio popeth ac aros yma.'

'Eu dewis nhw ... a dim ond eu dewis nhw ydi o,' meddai Meilyr Henwr gan roi ei ddwylo ar sgwyddau'r ddau. 'Mae 'na amser i ailfeddwl, cofiwch.'

Ond ysgwyd ei ben wnaeth Hywyn 8. Cofiodd am ei rieni a'i daid yn byw yn eu cartref llwm ym mhen draw'r coridor, ac am y robot yn llechu i'w gwylio'n mynd i seremoni Moliant y Ddinas. Roedd yn rhaid iddo'u hachub nhw ... a phawb arall fyddai am ddianc hefyd.

'Beth amdanat ti, Hunydd?' holodd Meilyr Henwr.

'Os ydi Hywyn 8 yn mynd, mi a' inna hefyd,' meddai Hunydd yn bendant. Plygodd Hywyn 8 i fwytho Sam. Yna trodd at Meilyr Henwr.

'Mi wnewch chi ofalu am Sam, yn gwnewch?' gofynnodd, a lwmp yn ei wddf.

'Ddim ond nes y doi di'n ôl,' meddai Meilyr Henwr.

Roedd yn amser cychwyn. Cerddodd Tathal a Meilyr Henwr gyda'r ddau yn araf tua'r goedwig. Safai'r pentrefwyr i gyd o boptu'u llwybr.

'Pob lwc i chi!' gwaeddai'r dorf. 'Brysiwch yn ôl!'

Rhedai Sam yn sionc rhwng y coed gan feddwl yn siŵr y byddai ef a Hywyn 8 yn cael gêm yn fuan.

Ond roedd calon Hywyn 8 yn rhy drwm i feddwl am gêm.

'Sam!' Galwodd y ci ato a phlygu i'w fwytho. 'Cofia di fyhafio dy hun nes y do i'n ôl,' meddai.

Ysgydwodd Sam ei gynffon a llyfodd wyneb Hywyn 8 yn wyllt. Yna rhedodd at Hunydd a gwneud yr un peth iddi hithau. Edrychodd y ddau ar ei gilydd yn ddigalon. Doedden nhw ddim eisiau gadael Sam.

O'r diwedd cyrhaeddon nhw geg y twnnel. Edrychai mor dywyll a bygythiol! Yr un mor fygythiol â'r wyneb pan welson nhw o am y tro cyntaf.

Trodd y ddau i wynebu Meilyr Henwr a Tathal. Doedden nhw ddim eisiau ffarwelio â'u ffrindiau na chefnu ar yr wyneb. Ond roedd yn rhaid iddyn nhw fynd os oedden nhw am achub rhai o bobl y Ddinas.

'Pob bendith a llwyddiant i chi!' galwodd Meilyr Henwr.

'Mi ddo' i yma bob dydd i'ch disgwyl chi'n ôl,' addawodd Tathal.

Cychwynnodd Hywyn 8 a Hunydd am geg y twnnel. Dechreuodd Sam gyfarth yn wyllt wrth weld y ddau'n diflannu i mewn iddo.

'Aros. Ci da,' gorchmynnodd Hywyn 8.

Trodd y ddau i edrych ar yr wyneb am y tro olaf. Ar yr haul a'r awyr las, ar y coed a'r blodau a'r glaswellt ... ar wynebau eu ffrindiau ac ar Sam yn tynnu a thynnu ar ei dennyn. Pryd bydd Hywyn 8 a Hunydd yn eu gweld nhw eto?

Yna gafaelodd Hywyn 8 yn llaw Hunydd a cherddodd y ddau'n benderfynol i dywyllwch y twnnel.